LA DEL VELO BLANCO

ExLibric

FLOR MERINO

LA DEL VELO BLANCO

EXLIBRIC

ANTEQUERA 2024

LA DEL VELO BLANCO
© Flor Merino
Diseño de portada: Dpto. de Diseño Gráfico Exlibric

Iª edición

© ExLibric, 2024.

Editado por: ExLibric
c/ Cueva de Viera, 2, Local 3
Centro Negocios CADI
29200 Antequera (Málaga)
Teléfono: 952 70 60 04
Fax: 952 84 55 03
Correo electrónico: exlibric@exlibric.com
Internet: www.exlibric.com

ISBN: 978-84-10297-97-5
Depósito Legal: MA 2553-2024

Impresión: PODiPrint
Impreso en Andalucía – España

Nota de la editorial: ExLibric pertenece a Innovación y Cualificación S. L.

FLOR MERINO

LA DEL VELO BLANCO

*Por todas aquellas que se desvanecieron en el camino,
a todas a quienes les arrebataron la vida. En memoria a ti,
Laura, que me enseñaste el valor de la amistad. En honor
a ti, Victoria, que me enseñaste el significado del coraje.
Y en honor a todas mis hermanas de género que han sido
víctimas de la trata de mujeres en el mundo.*

La vida de antes

Era invierno del año 1990, hacía frío y recién había dejado de llover. Me gustaba el olor que dejaba la lluvia en el ambiente, me recordaba a los paseos de mi niñez en el sur de Chile junto a mi madre, cuando aún estaba viva. La lluvia me provocaba cierta nostalgia, pero sabía que era una excelente opción para limpiar el esmog de una ciudad tan contaminada como la de Santiago. Además, una vez que paraba de llover, la cordillera de los Andes se dejaba ver en todo su esplendor: nítida, blanca y majestuosa.

De niña tenía curiosidad por la vida, por mi entorno y por mi país, Chile. Podía quedarme horas y horas sentada en un banco de una plaza, que quedaba cerca de mi casa, mirando a mi alrededor y disfrutando de algún parque, del césped, del campo; en general, de toda la naturaleza y, en especial, de la cordillera. Era capaz de imaginarme las cosas que me contaban, tenía memoria fotográfica. Una vez mi padre me contó de un amigo suyo que había intentado subir al monte Aconcagua, pero a medio andar se quedó sin oxígeno y no pudo completar su travesía. Fantaseaba con la idea de hacer lo mismo.

Desde mi ventana veía un pedacito de la cordillera de los Andes. Mi abuela me contaba que detrás de todo ese cordón montañoso se encontraba Argentina, un país mucho más extenso y largo que Chile, pero con el que compartía muchas similitudes culturales, aunque se peleaban por el fútbol. Eso era todo lo que sabía a mi corta edad. Había días en que soñaba con cruzar hacia el otro lado, me veía a mí misma abrigada con una enorme chaqueta, unas botas de nieve y un gorro de lana, sintiendo como el viento helado azotaba mis mejillas, y yo ahí, en medio de ese clima gélido intentando avanzar por un paraje blanco impoluto y con el oxígeno a duras penas para poder llegar a la cima, esperando que no me pasara lo mismo que al amigo de mi padre. Cosas de niñas.

Alguna vez le pregunté a un profesor, que nos daba clases de Historia y Geografía en el colegio, cómo podría llegar hasta Argentina por tierra. Me habló de un túnel que conectaba ambos países, por el cual pasaba todo tipo de transporte, que iba y venía a través del paso internacional Los Libertadores, y que también allí mismo existía una gran estatua llamada Cristo Redentor, que —según cuenta la leyenda— fue colocada allí por los argentinos para evitar un conflicto bélico con Chile. Sin embargo, me aconsejó que viajar en avión sería mucho más cómodo, ya que me ahorraría tener que recorrer varios kilómetros de distancia en una carretera llena de curvas y en zigzag, bastante peligrosa, por cierto, hasta Mendoza, que es la ciudad más cercana desde Santiago. Con los años pude viajar a Argentina y ver todo aquello, tocar la nieve y sentir el aire fresco de las alturas.

Tenía un gato, sí, un lindo gatito llamado Henri. Dormía conmigo todos los días, solía interrumpirme cada vez que me quedaba «paveando», como si supiera que estaba pensando en tonterías. Maullaba con ganas, más aún por las mañanas, cuando el hambre ya le apremiaba. Cuando yo estaba en el colegio, mi abuela se encargaba de él. Por las mañanas, le abría la puerta hacia el patio trasero de la casa y le daba su comida. Los días en que yo estaba en casa, él sabía perfectamente quién era su dueña, porque todo el tiempo estaba pegado a mí. Se restregaba entre mis piernas y ronroneaba de amor. Creemos que los animales son tontos, pero la vida me ha enseñado a confiar más en ellos que, incluso, en los propios humanos. Henri era rubio y tenía las patas blancas, como si calzara zapatos de nieve, además de un característico manchón blanco en la cabeza. El pobre estaba operado de los testículos para que fuera más manso y casero, ¡ideas de mi padre!

Vivía en Santiago de Chile con mi abuela paterna, Victoria Casares, una mujer por quien sentía una profunda admiración colmada de amor, cariño y respeto. Fue mi segunda madre después de que la mía falleciera de cáncer de mama, por ahí, cuando tenía once años. Mi padre, después de enviudar, le pidió si me podía cuidar mientras él trabajaba en una empresa constructora en las afueras de Santiago. Acordaron que por las tardes me pasaría a recoger. Mi abuela aceptó sin ningún tipo de obstáculo, al contrario, para ella tener que cuidarme era un agrado y también, digámoslo de forma cariñosa, un pasatiempo.

Habían pactado estar así por un par de meses hasta que mi padre se organizara bien con las tareas de la casa. La muerte de mi madre supuso una desorganización en todos los sentidos y mi padre no era capaz de afrontarla por sí solo. Así que recurrió a su madre, quien aún gozaba de buena salud y contaba con una situación económica favorable para aquellos tiempos.

Así pasamos los primeros meses, yo me quedaba en casa de mi abuela y mi padre pasaba a recogerme por las tardes, hasta que un día mi papá no pudo pasar por mí, al otro día tampoco, ni al otro, ni al otro… Al final se hizo costumbre quedarme a dormir con mi abuela. A fin de cuentas y con los años, esa casa se convirtió en mi hogar.

Ella era una mujer simplemente genial en todos los aspectos, educada, guapa y con carácter. La recuerdo siempre sonriente. Algunas mañanas la pillaba cantando o bailando lo que se le viniera a la cabeza. Llamaba la atención entre la gente porque era alta y delgada, muy diferente a la fisonomía típica de la mujer chilena. Su pelo negro azabache estaba a menudo demasiado peinado, como si hubiese estado pasándose el cepillo durante horas. Tenía pocas canas y, a medida que le iban asomando, estas desaparecían gracias a su peluquera, que rápidamente se las teñía. Era de nariz prominente y tenía grandes ojos de color marrón, profundos y marcados por el maquillaje que usaba a diario; tenía unas pestañas tamaño XL tan tupidas que parecían postizas. Era una mujer vigorosa y con una mirada intensa, de esas que calaban de momento si eras de los buenos o de los malos. Elegante e impecable por naturaleza, incluso en sus días normales, como cuando tenía que asistir a mis reuniones del colegio, en las que solía usar diferentes vestidos de algodón o seda y una cartera a juego con sus tacones negros de charol.

Yo creo que algo saqué de ella, quizás su elegancia, sus ojos y sus pestañas, pero en realidad soy más parecida a la familia de mi madre. La gente, cuando nos veía juntas, descartaba que tuviésemos algún parentesco, dado que yo era de pelo castaño claro, pero con unos ojos muy azules, tan azules que a veces parecían fosforescentes; en cambio, mi abuela tenía más bien rasgos mediterráneos: tez blanca, ojos marrones y pelo negro. El estilo mediterráneo es una mezcla entre Penélope Cruz y Mónica Bellucci —para hacerse una idea—, aunque siendo honesta, mi abuela era un poco más basta que esos dos bellezones.

Sin duda, hoy pienso que fui tremendamente afortunada de haber pasado mi adolescencia con esa mujer. Ella me inspiró y me enseñó a sobrevivir, a sacar fuerzas de donde no las hay y, sobre todo, a vivir la vida como si todos los días fuesen un milagro, aunque a veces las circunstancias no lo permitieran. Me enseñó a escuchar mi corazón y a saber seguir mi intuición, a callar cuando es necesario y a alzar la voz para forjar el carácter. A tomarme las cosas con humor y a sonreírle a la vida. «*Pa* eso está, mi *arma, pa* vivirla», me decía en su tono andaluz, y la palabra *alma* la pronunciaba con letra *r* en vez de la *l*.

Sin sus enseñanzas dudo mucho que hubiese podido resistir esos horribles días de cautiverio que pasé en Marruecos un par de años después.

La verdad es que prefería vivir con Nina, como yo acostumbraba llamar a mi abuela, que con mi padre y su nueva esposa. No es que ellos fueran malas personas, pero no me sentía a gusto allí. Solía ir de visita los domingos para almorzar y así también pasaba unas horas con mi medio hermano, Gabriel.

La esposa de mi padre, Paula, era insípida, nunca sonreía y, en cierto modo, sentía que mi presencia no le hacía gracia… Con el tiempo me di cuenta de que mis sospechas eran ciertas: no me quería. En una de las tantas discusiones que ella tuvo con mi padre, la escuché decir que estaba harta de que yo fuera todos los domingos a su casa y que ella no asumiría, de ninguna manera, la responsabilidad de criar a una niña, que ya bastaba con Gabriel, y que ella no tenía tiempo para atenderme, menos aún cuando cada día me veía hacerme mujer; simplemente, no tenía ganas de lidiar con los cambios hormonales de mi inminente adolescencia. Evidentemente, desde ese día, dejé de ir tan seguido y me limité solo a visitar a mi padre una vez al mes, más que nada para poder ver a mi hermanito, porque a ella ni a misa, y menos después de su agrio comentario.

Eso caló en mí, sentía el más profundo desprecio hacia su persona y a veces me la imaginaba ardiendo en una olla, sí, igualito que las brujas cocinaban a sus personajes en esos cuentos que me leía mi madre cuando yo era pequeña. Menos mal que con los años esa sensación fue desapareciendo, hasta el punto de ignorarla completamente. Simplemente no entendía su conducta tan poco empática. A veces es mejor vivir con indiferencia, antes que vivir amargada.

Honestamente, no sé por qué tenía esa actitud conmigo, creo que siempre fui una muchacha tranquila, obediente y nunca les di motivos para que me excluyeran de esa forma. La única explicación lógica que pude darle con los años es que ella podría haber sentido una especie de celos porque físicamente yo era igual a mi madre. Quizás le molestaba la idea de que mi padre tuviera que verme seguido, porque le traería recuerdos de su primera esposa, recuerdos que claramente a ella no le hacían ni puta gracia.

La relación con mi padre, con el tiempo, se fue deteriorando debido a las constantes discusiones que ambos teníamos respecto a su mujer. Yo también estaba en una edad complicada, la del «pavo», y constantemente le daba malas contestaciones y tenía un temperamento que dejaba mucho que desear. Él, como nunca fue muy bueno para hablar ni era de los que les gustaba escuchar, básicamente pasaba de mí. Hoy creo que no lo hacía a conciencia, sino porque no sabía cómo tratarme. Al ignorarme, me generaba más rencor, me sentía impotente. Entonces yo le reclamaba más atención, y ¿él qué hacía? Pasaba del tema. Estábamos en un bucle, como en una especie de relación tóxica en la que se discute sin llegar a acuerdos, pero, a la vez, no se puede vivir sin esa persona.

La verdad es que me molestaba mucho que siempre estuviera a favor de Paula, y más aún que no le plantara cara cuando ella le dijo que no me quería allí. Yo hubiese esperado alguna defensa a mi favor o un ademán de protección, ¡algo!

Cuando cumplí los diecisiete —aún lo recuerdo—, mi abuela me hizo una tarta de cumpleaños de milhojas, porque sabía que era mi favorita. Fue una celebración íntima, con los invitados justos: mi abuela, un par de compañeras del colegio, mi hermanito y mi padre.

Mi padre ese día llegó con un pequeño obsequio envuelto muy malamente. Sin embargo, a pesar de su envoltorio poco atractivo, me hizo mucha ilusión que hubiera tenido ese detalle conmigo; honestamente, no me lo esperaba. Era una cadenita de oro en forma de corazón, con una pequeña piedra Swarovski por delante, y en la parte de atrás venía grabado el nombre de mi madre, Elizabeth. Aún la conservo.

Lo cierto es que yo era una niña todavía, pero con ganas de mujer. A esa edad todo era nuevo para mí, quería estudiar y aprender a conducir un coche, tenía ilusión de ir a la universidad y hacer cosas de personas adultas. Pero, a la vez, me sentía una cría aún, porque me seguía llamando la atención jugar con mis Barbies y me quedaba hipnotizada viendo los dibujitos animados con mi hermano, Gabrielito. La mayoría de mis compañeras del colegio ya habían tenido una experiencia sexual, pero yo quería reservarme, no me sentía capaz de que alguien tocara mi cuerpo todavía. Me gustaba un niño que vivía en la esquina del pasaje, el hijo de la peluquera que atendía a mi abuela, Bladimir se llamaba. Recuerdo que solía acompañar a mi abuela a la peluquería solo para verlo. A veces él también se asomaba y nos mirábamos.

Un día mi abuela me pidió que la acompañara. Yo me arreglé ese día como nunca, pues presentía que Bladimir se atrevería a acercarse, y así fue. Lo vi venir sigilosamente hacia mí y me pidió en susurros si lo podía acompañar a comprar. Mi abuela, que siempre estaba pendiente de todo, me miró de reojo con el ceño fruncido esperando a ver cuál sería mi reacción, aunque la pobre nada pudo hacer —por el tinte que tenía puesto en la cabeza—. Mi respuesta fue un rotundo sí. Le prometí que volvería dentro de una hora.

Era la primera vez que un chico me invitaba a una cita, por llamarlo de alguna manera, porque fuimos a un bazar a comprar unas cuantas cosas que él necesitaba para el colegio y luego nos sentamos en el mismo banco de la plaza donde yo solía sentarme a mirar la cordillera. Teníamos prácticamente la misma edad, él había nacido en enero y yo en julio del mismo año. Bladimir era alto, buen mozo y tenía una barbita muy graciosa. Me gustaba su pelo color castaño claro —al sol se veían unos reflejos rubios—, que combinaba a la perfección con sus ojos de miel y su nariz marcada por una curva inclinada que le sobresalía en forma prominente de la cara, pero que quedaba en perfecta armonía con su rostro ovalado. Él me dijo que hacía tiempo que quería acercarse a mí, pero que le daba vergüenza… Igual que yo, que estaba roja como un tomate y muy nerviosa. Tengo un recuerdo especial de ese día porque fue la primera vez que me besaron.

Con el tiempo nos comenzamos a ver más seguido, él pasaba por mí en las tardes e íbamos a caminar cerca de mi casa. Me gustaba su compañía, su forma de conversar y su personalidad algo tímida para algunas cosas y osada para otras. No era como los demás chicos, conversadores o muy «lanzados», como decía mi abuela.

Con el pasar del tiempo, nuestros encuentros eran más intensos, y los besos, más jadeantes. Buscábamos la manera de vernos a solas, aunque era casi imposible porque siempre estábamos bajo la vigilancia de mi abuela o de su madre. Estuvimos varios meses así. Yo no quería tener sexo porque quería hacer el amor. Por lo menos para mí sí había una diferencia. En ese sentido, mi abuela me había hablado de los temas sexuales de forma clara, sin tapujos ni inventos raros como la cigüeña y otros disparates que dicen los padres para hablar de sexo. También me aconsejó que evitara quedarme embarazada porque era muy joven y todavía tenía que estudiar y vivir la vida. En fin, lo que dice la mayoría de las madres cuando ven que se ha despertado el deseo sexual de su niña adolescente.

Así fueron pasando los días y los meses, y sin darnos cuenta, ya éramos novios. Mi primer novio. Un día me comentó que me tenía una sorpresa preparada para mi cumpleaños número dieciocho. La verdad es que estaba deseando poder llegar a esa edad para tener la libertad de salir donde quisiera. No es que mi Nina me restringiera, pero ya con la mayoría de edad cumplida, tendría la licencia de poder hacer otras cosas, como beber o fumar —que para mí esas cuestiones eran cosa de adultos—. No es que tuviera ganas de beber alcohol o de fumar, pero sentía la curiosidad de poder hacerlo sin la responsabilidad de sentir que estaba haciendo algo malo o pecaminoso siendo menor de edad. La cuestión es que Bladimir se las había ingeniado para hablar con mi abuela y pedirle permiso para pasar un fin de semana a solas. Íbamos con la intención de hacer el amor; sin embargo, llegado el momento no fui capaz. Pensaba que era muy pronto para mí y me aterraba la idea de que hubiese un fallo involuntario y me quedase embarazada tan joven. Además, llevábamos conociéndonos solo un tiempo. Eso no quiere decir que no hubiera tenido mi primer orgasmo, porque es verdad que jugueteamos y nos rozamos, pero con ropa. A pesar de mi negativa, sé que fue una linda experiencia para los dos. Yo quería seguir conservando mi virginidad, no es que pensara que Bladimir no se la mereciera, pero mi intuición me decía que tenía que esperar. Y, en cierto modo, hoy me alegro de que fuera así, porque gracias a esa decisión, me salvé de ser violada una y otra vez, como le pasó al resto de muchachas que estuvieron conmigo en Marruecos dos años después. Él me dijo que respetaría mis tiempos en cuanto al tema sexual porque sabía que era virgen y que lo haríamos cuando yo lo decidiera.

Nuestro viaje fue fenomenal. Fuimos a Isla Negra, una localidad ubicada en la región de Valparaíso, con la idea de recorrer de día la playa y visitar una de las tres casas que el poeta Pablo Neruda tenía en Chile. Luego, por la noche, Bladimir había arrendado una pequeña cabaña de madera para dormir allí y así aprovechar el domingo. Regresaríamos después de almuerzo.

Cuando por primera vez vi la casa museo de Pablo Neruda, me quedé con la boca abierta, era simplemente única en su construcción. Y no lo digo por los lujos, sino por lo que transmitía. Entrar en aquel lugar fue para mí la oportunidad de conocer la intimidad del poeta, porque esa casa la construyó pensando en cumplir su sueño de ser marinero… Esa morada era su barco en tierra con vista al océano Pacífico. Neruda aprovechó sus estancias en Asia, África y Europa para hacerse de una colección de objetos que luego integró en su imaginario particular, dándole vida propia a cada una de esas piezas. Fue un viajero empedernido, un soñador, diplomático, escritor y, sobre todo, un romántico vividor. Y eso se puede notar en algunas de sus frases célebres dedicadas al desamor: «En un beso sabrás todo lo que he callado». De Neruda podría hablar un día entero y terminar esta historia citando sus poesías. Mejor sigo.

Aunque no hubiéramos tenido intimidad, después de ese día nos volvimos inseparables. Bladimir se convirtió en una especie de padre al que le consultaba todo, incluso mi abuela había pasado a un segundo plano en algunos momentos. Con él me sentía segura, animada, viva… Sentía esa protección masculina que no tuve con mi padre.

Por cierto, la relación con mi padre era cada vez más distante y fría, cada vez que lo veía le reclamaba un poco de atención, pero él siempre se excusaba diciendo que tenía mucho trabajo y poco tiempo. La verdad es que ya no lo creía y, a esas alturas, Bladimir había suplido muchas de mis carencias afectivas que mi padre no me supo dar. Sin embargo, por más que intentaba no pensar en él, no me podía quitar de mi pecho una sensación de rencor. Por una parte, lo quería, y mucho, pero, por otro lado, lo odiaba porque no entendía lo fácil que había sido para él rehacer su vida al poco tiempo de que mi madre falleciera. ¡Es que no pasó ni un año y ya se había casado con Paula! Y luego había nacido mi medio hermano. Simplemente, sentía que había repuesto una familia por otra, como quien repone una lata de atún en un supermercado, mientras mi familia se había destruido por completo y yo no sabía cómo afrontarlo.

Si bien es cierto que habían pasado seis años desde la muerte de mi madre, para mí era como si hubiese sido ayer. Todos esos años no significaron nada comparados con el vacío que me había dejado su partida. El cáncer no perdona y no lo hizo con ella. Sé que luchó y que intentó una y otra vez superarlo, pero la enfermedad fue más fuerte que sus ganas de vivir. Cada día veía cómo su energía se desvanecía, hasta que llegó el momento en que su luz se apagó por completo. Recuerdo una de sus últimas frases en su lecho de muerte: «Hija, nunca te rindas ante nada, naciste con una estrella en tu frente, úsala y brillarás». Claramente, a mis once años no entendí el significado de sus palabras, pero con el tiempo comprendí lo que me quiso decir aquel fatídico día.

Su muerte fue rápida dentro de todo lo malo. Ocurrió en una noche primaveral de noviembre, de esas noches tan estrelladas que daban ganas de salir a caminar, pero, claro, yo no estaba para paseos. Mi mamá estaba en la cama rodeada de almohadas y tapada con una manta color rosa. En su mesita de noche tenía varias cajas de remedios y unas flores que su madre le había dejado el día anterior para alegrar la habitación. Me tenía sujeta con su mano y a ratos me la apretaba, me miraba como si quisiera decirme algo, pero solo balbuceaba frases incoherentes. A través de sus ojos, podía ver la angustia, pero también veía el amor que sentía por mí. Yo intentaba hablarle de los momentos bonitos que ella me hizo vivir durante mi infancia para animarla, pero no estaba segura de si realmente me estaba escuchando. Le dije que me hacía muy feliz y que siempre estaría en mi corazón, aunque ella ya no estuviera en mi mundo. Fue un momento especial de mi vida, honestamente no sé cuánto rato estuve allí, horas quizás, había perdido la noción de la realidad. Solo quería permitirme estar el máximo tiempo con ella y poder admirar por última vez sus delicadas facciones, aunque ya poco quedaba de su belleza.

Supe que era su hora cuando de la nada se retorció y dio un quejido de dolor escalofriante mientras fijaba su mirada en el techo de la habitación. Luego vi como su cuerpo se relajó totalmente sobre la cama, suspiró y se dejó caer al mismo tiempo que soltaba mi mano. Le vi una leve sonrisa en su boca y noté como esa expresión de sufrimiento, que llevaba tan marcada en su rostro durante los últimos meses, poco a poco se fue desvaneciendo. Si hay un cielo, estoy convencida de que las puertas se abrieron de par en par para darle la bienvenida, con ángeles, trompetas y seres celestiales, todos dispuestos a recibirla con los brazos abiertos.

Verla así fue chocante, no lo puedo negar, aún no logro borrar esa imagen de mi cabeza. Pero a pesar de ser solo una niña de once años, sabía que ella ya estaba descansando. Tenía una contradicción en mi interior, porque por una parte me reconfortaba el hecho de saber que ya estaba en paz, sin dolor ni sufrimiento, pero, por otro lado, no volvería a verla nunca más.

Mientras intentaba procesar todo ese torbellino de sensaciones en mi interior, mi cuerpo físico solo atinó a cerrar los ojos y a orar, tal como me había enseñado ella. Luego me apoyé en su regazo y la rodeé con un abrazo, aún podía sentir su olor. Le di una pequeña palmadita en su mejilla para ver si me respondía, pero nada, su cuerpo yacía inerte. Le rogué a Dios que me llevara con ella, pero —muy a mi pesar— no hubo respuesta. No lloré en ese momento, no, tenía unas ganas incontrolables de gritar, pero me contuve. Pensé que era mejor callar, porque así podría pasar más tiempo a su lado antes de que empezara a llegar la gente y me la arrebataran ya del todo. Entonces no dije nada, ni avisé a nadie, simplemente me tumbé a su lado y me dormí hasta que mi padre me despertó.

Más o menos tenía asumida su partida, ya que mi papá —debo reconocerlo— había hecho un buen trabajo desde el punto de vista psicológico respecto al tema de la muerte y de cómo debía enfrentarla. Sin embargo, mientras la enterraban, lloré, lloré mucho. Recuerdo la mano de mi abuela Victoria en mi hombro y yo sintiendo algo de consuelo porque sabía que, por último, estaba ella. Esa noche durmió conmigo, esa noche y muchas más hasta que logré reponerme de su ausencia.

Una Victoria en tu camino

Mi abuela Victoria era española, pero llevaba viviendo en Chile muchos años, por lo que había logrado tener la doble nacionalidad. Ella decía que llevaba el baile en la sangre porque había nacido en Andalucía, la tierra donde se come y bebe flamenco a todas horas. Era de un pueblo llamado Florenzal, ubicado al sur de España, cerca de Sevilla. Yo de mapas sabía poco, en esa época solo me limitaba a ir del colegio a la casa y de la casa al colegio, y gracias a Bladimir, había conocido Isla Negra y el litoral central de Chile. De vez en cuando íbamos a pasear a Pirque, una zona rústica ubicada en el sur de Santiago, a comer parrilladas a un restaurante de comida típica. No éramos pobres, pero nos podíamos permitir ciertos caprichos gracias a la buena administración que mi abuela hacía con su dinero. En Chile, en esos años, se notaba mucho la desigualdad económica y de clases sociales —hasta ahora eso no ha cambiado mucho que digamos, sigue siendo un tema latente en nuestro país—, por lo que no todo el mundo se podía dar el lujo de salir a comer fuera, menos en los años noventa después de una dictadura avasallante y dando pie a una incipiente democracia.

Vivíamos en una pequeña casa que mi abuela había comprado gracias a los ahorros que logró reunir en su juventud trabajando en el sur de Chile. Era un barrio tranquilo, pero más abajo había una población compuesta por chabolas y cada cierto tiempo asaltaban las casas un poco más «acomodadas», y lo digo con comillas porque nuestro barrio no era rico, pero sí teníamos un mejor vivir que en otros lugares de Santiago. Una vez intentaron entrar a la nuestra, pero mi abuela tenía un pito y empezó a soplar tan fuerte que despertó a todo el vecindario y los ladrones se ahuyentaron. Ella era así, graciosa para todo, hasta en las situaciones más complicadas.

Nina, así la llamaba yo, siempre se las ingeniaba para vivir bien, era de buena mesa, la mayoría de sus comidas eran caseras y cocinaba de lujo. Recuerdo que me hacía croquetas y me decía que en España se comían mucho. A mis compañeritas del colegio les hablaba de las croquetas de mi abuela, ellas se imaginaban atún mezclado con huevo, harina, especias y cebolla, que luego se le daba forma redonda y se freían en aceite, eso era una croqueta en Chile. Desde luego, son muy diferentes a las croquetas que se comen en España, donde la base del sabor se encuentra en la salsa bechamel mezclada con restos de pollo, jamón, cocido o lo que fuera que hubiera sobrado el día anterior.

Por las tardes solíamos cenar lo que encartara, aunque fuese improvisado. Ella siempre se preocupaba de poner una mesa bonita y muy variada de comida. Lo de comer propiamente por las tardes era poco común para los vecinos que teníamos en Chile, dado que ellos solían «tomar once», una costumbre que consiste en tomarse un té negro con pan tipo marraquetas —muy famosas en todo el territorio chileno— y algo para echarle al pan, como aguacate, queso, cecinas, mermelada o margarina, una especie de mantequilla, pero más grasienta. Es la última comida del día. Nosotras a veces también tomábamos once, pero la mayoría de las veces mi abuela preparaba la cena, que incluía un plato más bien elaborado. Me encantaba cómo la casa olía por las tardes, ella se las apañaba para comprar aceite de oliva y sus sofritos siempre llevaban ajo, cebolla y verduras. Nuestra dieta era más bien mediterránea, conservando las costumbres andaluzas de mi abuela. Yo sabía la diferencia entre el aceite normal de girasol y el de oliva, y claramente el último era el que más me gustaba. Ella siempre me decía que se había criado rodeada de campos de olivos en su tierra natal y que extrañaba algunas costumbres, como un buen salmorejo[1] —para mí era como si me hablara en chino—, y con los años también me volví fanática de ese plato. Siempre tuve la ilusión de que ella me llevara a conocer España, me contaba que aún le quedaban familiares cercanos y que, en su pueblo natal, Florenzal, aún vivía su hermana menor, la Carmenchu, como la llamaba ella, cuyo nombre de pila era Carmen.

También recuerdo que todos los viernes por la noche colocaba un videocasete, de esos antiguos que se conectaban a la televisión para ver a bailaores de flamenco. Unas antiguas imágenes pasaban por el televisor con unos personajes que bailaban y aplaudían al son de un cantaor andaluz muy famoso, un tal Camarón. Me hacía gracia cómo se gritaban entre ellos «¡ole ahí!» y chasqueaban los dedos. Ella se ponía unos tacones y un vestido de flamenco rojo con lunares blancos, que había sido lo único que pudo traerse desde Sevilla, cuando decidió subirse a un barco rumbo a Argentina huyendo con tan solo dieciocho años de la represión franquista, provocada por la finalización de la Guerra Civil española en el año 1940.

---

[1] Salmorejo: Crema tipo sopa, servida habitualmente como primer plato. Es una preparación tradicional andaluza, española. Se elabora mediante un batido de tomate, aceite de oliva, vinagre, ajo, pimiento y pan. Una vez servida, se le agrega huevo, atún, jamoncito o lo que apetezca.

Fue madre soltera, solo tuvo a mi padre y nunca más quiso casarse ni tener más hijos. En esos años, el registro civil no pedía tantos antecedentes para registrar a un crío, así que pudo inscribir a mi padre con su apellido, Casares. En cierto modo, hoy me alegra que haya sido así, porque gracias a ello puedo llevar su apellido también. Eugenia Casares Novak, ese es mi nombre. Con orgullo puedo decir que estoy compuesta por dos de las mujeres que más he amado, mi abuela y mi madre.

Mi abuela Victoria, antes de emigrar a Chile, se enamoró de un soldado que luchaba por el frente nacional español, en el año 1938. En aquellos tiempos en España casi nadie luchaba realmente por la ideología que los identificara, sino que el dictador Francisco Franco prácticamente los obligaba a luchar por su bando. Te gustara o no. Mi abuelo tuvo que pelear forzado en una guerra que no le competía, pero en aquella época no había opción. Los franquistas que llegaban a los pueblos andaluces arrasaban con cualquier muchacho joven que gozara de buena salud para que combatiera por su partido político, y si te negabas, te mataban. Sin duda, esa guerra fue una explosión de violencia colectiva, vecino contra vecino, padre contra hijo, hermano contra hermano, todo por una ideología política ilusa, una crónica anunciada de una frustración secular entre dos bandos: izquierdas contra derechas.

Esa guerra civil prácticamente destrozó a España. Mi abuela sabía de las consecuencias que tendría la postguerra y prefirió marcharse con su bebé aún en el vientre, antes de que la cosa se pusiera más fea. No quería pasar por hambrunas ni situaciones que pudieran amenazar a su hijo, así que con la ayuda de su hermana, hizo de tripas corazón y decidió embarcarse en uno de los barcos que salían desde el río Guadalquivir en el puerto de Sevilla rumbo a Buenos Aires. Una vez en Buenos Aires se montó en un autobús a Bariloche y luego cruzó la cordillera de los Andes hasta Osorno, y terminó viviendo en Puerto Varas, en el sur de Chile.

No supo más de su enamorado, pensó durante un tiempo que podría reencontrarse con él, pero en su interior sabía que lo más probable era que hubiese muerto en combate. Para su pesar, esa intuición que ella sentía era cierta. Fue abatido cerca de Madrid peleando por una guerra que no era suya y desconociendo que mi abuela llevaba en su vientre a su hijo. Mi abuela dice que lloró cuando se enteró de su muerte y estuvo de luto un par de años, aunque creo que en el fondo tenía la esperanza de volver a verlo. Fue su primer amor.

Durante años se sintió como una cobarde por haberse ido de Sevilla dejando a sus padres, hermanos y todos aquellos recuerdos de su infancia, pero se autoconvenció de que la situación en la que se encontraba en ese momento no daba ni para despedidas. Con suerte pudo despedirse de su hermana, quien la ayudó con algunas pesetas para su traslado. Además, ella y su familia eran simpatizantes del bando republicano y sabía que era cuestión de tiempo que el régimen supiera de su ideología política. Menos mal, fue sensata y tomó la decisión correcta, porque años más tarde supo por un tío lejano que se encontró en Chile que prácticamente la mayoría de los habitantes de Florenzal fueron víctimas de una represión violentísima contraria a lo que se podría llamar derechos humanos: torturas, palizas, violaciones físicas y psicológicas, todo eso sumado a batallones de trabajo disciplinario de quince horas o más, pagando con sus cuerpos y vidas la privación de libertad. Hechos que, sin duda, recordaban a los florenceños, las épocas inquisitoriales de mucho sufrimiento.

Se alegró de haber podido huir, pero a su vez lamentó el hecho de que sus seres más queridos hubieran tenido que pasar por todo eso.

Pasó sus primeros años en el sur de Chile, específicamente en la región de Los Lagos. Era una buena época y muchos emigrantes europeos fueron a parar allí gracias a concesiones de tierras que daba el Gobierno para repoblar esa zona. Se asentó en Puerto Varas, una zona maravillosa en donde el cielo, el verde de los árboles y los imponentes volcanes se unen en un mismo plano, ofreciendo uno de los paisajes más espectaculares del mundo.

Mi abuela conoció a Heinrich Bächler, un alemán judío que había emigrado durante la Segunda Guerra Mundial después de haber perdido a toda su familia en Alemania. Como su nombre era tan raro, mi abuela simplemente lo llamaba Henri —de ahí el nombre de mi gato—. Este colono logró montar una pequeña fábrica artesanal de chorizos y salchichas en la zona, lugar donde mi abuela trabajaba como ayudante de cocina. En un principio no quería nada con él porque era su jefe, y además era diez años mayor que ella, pero como dicen por ahí, el roce hace el cariño… Finalmente, terminaron enamorándose y luego conviviendo en una relación tipo marital. Él le pidió matrimonio varias veces, pero mi abuela no quiso casarse, decía que el matrimonio era un simple papel y que prefería estar libre por si la cosa se ponía chunga y tenía que partir a la otra punta del mundo a rehacer su vida de nuevo; muy moderna para su época, claro está, pero en verdad no la juzgo, ya que las condiciones en Chile, políticamente hablando, estaban igual de polarizadas que en aquellos años cuando tuvo que huir de la España de Franco. Claramente, después de haber pasado una guerra civil y ser madre soltera, sus intereses iban por otro lado.

Gracias a su esfuerzo y su trabajo logró ahorrar bastante dinero, gastaba muy poco, vivían de la tierra y de lo que dejaba el negocio. Ella siempre me hablaba de sus años dorados en Puerto Varas, decía que fueron los mejores de su vida. Henri le dio lo que mi abuela necesitaba en ese momento: protección, amor y un padre para su hijo; y ella a su vez le dio a él una familia, sí, la familia que había perdido en Alemania. Murió de un cáncer de próstata a los sesenta años. No tuvieron hijos en común, pero para mi padre él fue su padre, y para mí, el único abuelo que he conocido. Al momento de morir, mi abuela no podía heredar porque no tenían nada en común y en esos años no se reconocía legalmente la convivencia entre parejas; ella me contó que en algún momento se había arrepentido de no haberse casado. Menos mal que Henri fue listo e hizo un testamento en el que le dejaba a ella sus pertenencias: una parcela, la pequeña fábrica de embutidos y todo el dinero que tenía ahorrado, que, para esa época, era bastante. Eso le permitió seguir con el negocio por un tiempo, pagar los estudios de mi padre y mantener su estilo de vida.

«¡El cáncer nos ha arrebatado a nuestros seres amados, pero también nos ha unido, chiquita mía!», siempre me decía eso como consuelo, cada vez que yo me acordaba de mi madre y ella de su querido Henri.

Nací en Puerto Montt un 25 de julio del año 1973, en plenas revueltas sociales, justo el año en que Augusto Pinochet dio el golpe de Estado en Chile y derrocó al socialista Salvador Allende. Menos mal que mis padres vivían en regiones lejos de todo lo que pasaba en la capital. Mi padre conoció a mi madre en pleno movimiento *hippie*, cuando la paz y el amor reinaban y la marihuana era pan de cada día, más en el sur, incluso mi padre llegó a tener su propio minicultivo. Ambos estudiaban en la universidad, él Ingeniería en Construcción Civil, y mi madre, Filosofía. Se enamoraron de inmediato, por lo que me cuenta mi abuela Victoria. Siempre me decía que mi madre tenía ese toque europeo porque era descendiente de los primeros austriacos que poblaron parte del sur. Destacaba frente a las demás muchachas de la zona porque tenía una cabellera larga y rubia, era alta, estilizada, de ojos verdes y piel clara, y siempre usaba un cintillo en la cabeza a favor del movimiento *hippie*. En cambio, mi padre era más bien moreno, con pelo negro, tez blanca y usaba una barba bien tupida. De esa mezcla nací yo, mitad española, mitad chilena, con toques sureños y aires europeos. Bladimir en ese entonces me decía que era la chica más guapa de la villa; yo me reía, en verdad no me lo creía. Pero, ciertamente, tenía razón. Fue en esa belleza peculiar en la que se fijó el Koala, uno de los cabecillas de la banda de trata de mujeres que me reclutó un año después durante mi estancia en España. Hoy lo puedo contar porque lo he superado, pero fueron los años más duros de mi vida.

La propuesta que me cambió la vida

«El mantón, las flores en el pelo, los pendientes, los collares, las pulseras o las peinetas son elementos fundamentales que acompañan al traje de flamenca, chiquita. Y hay que añadir otros accesorios, como los zapatos de tacón o el abanico». Mi abuela me decía eso cada vez que se vestía con su indumentaria flamenca. Yo me reía, porque era divertido verla zapatear por toda la casa, aunque ya se notaba el paso de los años por su cuerpo, porque ya no tenía la misma energía de antes.

—¡Me estoy poniendo vieja, hija! —me gritaba mientras meneaba las muñecas en círculo al son de un guitarreo.

—Basta de decir eso, Nina… ¡Que tú eres eterna! —solía responderle riendo.

Se acercaba el mes de julio y ya iba a ser mi cumpleaños número diecinueve. Llevaba cerca de un año de novia con Bladimir y él se había alistado para hacer el servicio militar. La verdad es que ni él ni yo queríamos separarnos, pero qué remedio, en esos años en Chile el servicio militar era obligatorio para todo el mundo. Y él no era la excepción. Sabía que mi mundo sin él se caería a pedacitos, me había acostumbrado a tenerlo conmigo y verlo partir sería muy difícil. Me replanteé mi vida y las siguientes decisiones que debería tomar después de su partida. Me preocupaba el hecho de quedarme sola… ¿Quién ocuparía el espacio que había dedicado Bladi para mí? Notaría ese vacío, sobre todo los fines de semana.

Henri solo era un gato al que amaba con todo mi corazón, pero en ningún caso podría suplir una relación de pareja. Mi abuela, dentro de todo, tenía su vida con sus amigas y tampoco era sano para mí pasar todo el tiempo con ella. Con mi padre prácticamente ya no contaba y mi única amiga del barrio, Noelia, se había alejado a raíz de la relación que yo había empezado con Bladimir.

Entonces me di cuenta de que estaba sola, me sentía sola. Aunque tenía a mi reducida familia, no era ese tipo de soledad lo que me agobiaba, sino la dependencia emocional. En ese momento me di cuenta de que nadie puede basar su felicidad en una sola persona, tal como había sido mi caso, pues durante un año y medio solo existió Bladimir en mi vida. Me había alejado de mis amigas. Tenía dieciocho años y prácticamente ya no tendría más colegio ni compañeras con quienes hablar en el recreo… Me preguntaba mil cosas: ¿cuál era el siguiente paso?, ¿qué hacía el resto de la gente una vez que salía del colegio?, ¿debía estudiar? Honestamente, no me sentía preparada para ir a la universidad porque ni siquiera tenía claro qué me gustaba en la vida, tampoco me atrevía a trabajar. Me sentía totalmente inmadura en un cuerpo de mujer madura. No tenía nada claro. Pensé incluso en irme unos meses donde mi abuela materna para ver si el aire sureño me aclaraba la mente, pero la idea tampoco me animaba mucho, ya que nuestra relación siempre fue distante. Después de la muerte de mi madre, mi abuela Ninoska se hundió en una terrible depresión y era muy difícil estar con ella, la pobre no hablaba nada, vivía por inercia y solo se limitaba a ver fotos de mi madre y llorar. Honestamente, no la juzgo, la muerte de un hijo debe de ser lo más doloroso que una persona puede experimentar, pero a mí eso no me hacía bien. Mi madre era hermosa, pero ver fotos de ella repartidas por toda la casa me tocaba una fibra interior de dolor que no era capaz de soportar.

Los días siguientes fueron un total caos mental para mí…

Mi abuela Victoria, desde hacía años, deseaba hacerle una visita a su hermana Carmenchu y, de paso, volver a su tierra natal. Hasta ese momento nunca me lo había planteado como una posibilidad real. Ella sabía por lo que estaba pasando en ese momento —porque me conocía como si me hubiese parido—, así que pensó que lo mejor sería llevarme una larga temporada de viaje y así matar dos pájaros de un tiro: aprovecharía para visitar a su familia y, por otro lado, sería un tiempo perfecto para que yo desconectara y meditara acerca de mi futuro y no pensara en Bladimir.

Una tarde en la que estábamos arreglando el jardín, conversamos:

—Hija, me estoy poniendo cada vez más vieja, ya tengo setenta y dos años y no sé cuántos años más de vida me quedan. Lo sé porque ya no tengo la misma vitalidad. Y antes de morirme, quisiera viajar a España.

—¡Pero, Nina, España está muy lejos para que vayas sola! —exclamé sorprendida, por decir algo, porque honestamente me pilló un poco por sorpresa.

—Sí que está lejos, pero nada haría más feliz a esta vieja que me acompañaras. —Bajó la cabeza con un gesto de tristeza y siguió—: ¿Qué haremos aquí las dos? —me preguntó—. Bladi se va, y yo te conozco, se te partirá el corazón.

Luego se sentó en una banca y me miró a los ojos para continuar con su idea:

—Llevo años queriendo ir, solo estaba esperando que tú salieras del colegio, pero luego conociste a Bladi y no quería interrumpir esa ilusión del primer amor. Además, podrías tener la residencia sin tanto problema, porque tu padre tiene la nacionalidad y, al ser hija de un español, sería todo mucho más fácil para poder entrar. Mira, ahora que Bladi se va, es nuestro momento de hacer este viaje juntas. Vamos de vacaciones y, si te gusta, podemos quedarnos una temporada y tú puedes estudiar allí, la educación es mucho más barata que en Chile. Además, creo que tendrías muchas más oportunidades que aquí, y si no te gusta, nos volvemos al poco tiempo. Te lo prometo —sonrió—. Además, ya tengo la casa pagada y algunos ahorros para pagar dos billetes y la estancia allí.

Yo me quedé pensando un rato, luego lo vi claro como el agua y me di cuenta, en ese preciso momento, de que ella no había podido viajar por hacerse cargo de mí, no podía ni quería dejarme sola porque sabía que mi padre no me cuidaría, que al sur no me enviaría y que mi madrastra no me quería. Me dio pena por ella y, en cierto modo, por mí. Sentía que era injusto seguir privándola de volver a su tierra por mi culpa. Me puse a llorar y la abracé.

—¿Cuándo te gustaría partir, abuela? —le pregunté sollozando.

—¿Pero por qué lloras, chiquita mía? —me replicó sorprendida.

—No lo sé, abuela, me da pena saber que no has podido ver a tu familia por mi culpa.

—¡Qué vaaaa! —exclamó ella a su estilo—. Cuidarte ha sido el mejor regalo que me ha podido dar la vida.

Ambas nos abrazamos y nos pusimos a llorar. Yo lloraba por Bladimir, porque lo quería; por mi padre, porque a pesar del hielo que había entre nosotros, sentía amor por él, y por Gabrielito. Pero, sobre todo, lloraba por mi abuela, porque sabía que todos estos años se había reprimido de hacer ese viaje que tanto anhelaba. Entonces me prometí a mí misma que no iba a ser yo de nuevo su piedra de tope.

—¡Entonces, Nina, ¿nos vamos?! —le exclamé en tono de pregunta y algo confusa pero decidida.

Ella me miró y se sonrió mientras se secaba las lágrimas.

—¡Ea! Basta de lágrimas, que se me corre el maquillaje, chiquilla. Creo que dentro de dos meses ya podremos irnos. Tu padre conoce una agencia de viajes que nos puede ayudar a organizar todo.

Bladimir al principio no lo entendió, pero poco pudo hacer por evitarlo, porque él también tenía que marcharse, y encima a Arica, una de las ciudades más alejadas de Chile, a tres mil kilómetros de distancia desde Santiago. Las probabilidades de vernos a corto plazo eran remotas, por no decir imposibles. El ejército no lo dejaría salir, por lo menos, hasta dentro de un año. Entonces decidimos terminar nuestra relación. Él se fue primero, lo acompañé al terminal de buses de la capital santiaguina. Mi dulce abuela le había preparado una tortilla de papas y varios bocadillos para el camino porque sabía que era un viaje largo. Lo abracé fuerte y me quedé con su olor, como suelo hacer con todas las personas que son importantes en mi vida. Él me decía que, a su regreso, nos volveríamos a ver y retomaríamos la relación desde el punto en que la habíamos dejado, era lo que yo también quería, pero algo en mi interior me decía que esa sería la última vez que lo vería. Y así fue.

No sé por qué me pasa eso con los olores, siempre he pensado que cada persona tiene su olor particular, así como los hogares y las familias. En el sur de España la mayoría de las casas son de estilo mediterráneo, cuadradas. Al tener ese tipo de arquitectura, se construyen una al lado de la otra, como si fueran hileras de cemento interminables. La puerta principal y las ventanas dan hacia la calle. La única separación entre las casas es a través de callecitas angostas. Las pintan de blanco por el calor del verano. En esa época del año, los vecinos suelen dejar las puertas abiertas para que corra el aire y refresque el ambiente. Recuerdo haber paseado por esas calles a paso lento y con la única finalidad de aspirar los olores que emanaba cada hogar, imaginando el tipo de familia que vivía allí: los ancianos, por ejemplo, olían de una manera particular; las casas aseadas, a limpio quizás; aquellas que tenían niños o bebés olían como a goma infantil; las que tenían mascotas olían, a menudo, a orina de perro y/o de gato. En fin. Siempre he pensado que nacemos con un olor especial, un olor característico que nos diferencia del resto y que cada familia tiene su propio olor, como si de un sello artístico se tratara.

Bienvenida

Y así fue como llegué al aeropuerto de Madrid un caluroso día de agosto de 1992, con mis diecinueve años recién cumplidos, en un vuelo larguísimo de Iberia. Con una maleta enorme, despeinada y abrumada porque nunca había estado en un aeropuerto, porque nunca había volado y por todos los controles fronterizos que tuvimos que pasar, tanto saliendo de Chile como entrando a España. Dejamos atrás nuestra casa, procuramos que estuviera bien cerrada y se la encargamos a Cristina, la madre de Bladimir. Al pobre Henri lo dejamos en casa de mi papá, bueno, se lo dejé a Gabrielito. Paula, en un principio, se opuso rotundamente, pero mi papá por fin se puso los pantalones y no permitió que ella se negase. No sé qué me dio más pena, si despedirme de Henri, de mi hermanito o de mi papá.

Desde Madrid tomamos un tren hacia Sevilla, estuvimos esperando en la estación un buen rato. El viaje fue largo, cerca de seis horas; sumadas a las trece horas del vuelo en avión, ya llevábamos casi un día entero viajando. Pero todo se compensaba con tan solo ver la cara de felicidad de mi Nina, por lo menos una de las dos era feliz. Yo estaba sufriendo por Bladimir, ya habían pasado dos meses desde que lo habíamos dejado; sin embargo, no dejaba de pensar en él. Aún me costaba creer que ya no estábamos juntos. Hacía un tiempo éramos uno y hoy no éramos nada. Todo fue tan rápido, un giro de trescientos sesenta grados que me hizo madurar de un sopetón. Volvía a pensar que hacía una semana estaba en Chile con una vida relativamente normal, y en menos de una semana, figuraba en un tren rumbo a un destino desconocido. Al final terminé por darle la razón a mi abuela, hacer ese viaje fue lo mejor que pude haber hecho en ese momento, si no a esa misma hora estaría muriéndome de amor en mi habitación con Henri ronroneando a mi alrededor. Me pregunté cómo estaría mi Henri y me dio más angustia.

Llegando a Santa Justa, la estación de trenes de Sevilla, notaba como mi abuela se ponía cada vez más nerviosa, algo normal si la pobre llevaba casi veinte años sin ver a su hermana y otros veinte más sin pisar suelo sevillano. Nos bajamos y anduvimos un poco entre los andenes. Cuando salimos no conocíamos a nadie; en verdad era difícil propiciar el encuentro, porque las hermanas poco se acordaban la una de la otra. Sin embargo, a lo lejos divisé a una señora gordita y muy graciosa que gritaba el nombre de mi abuela. Sin duda, por cómo me la había descrito mi Nina, era Carmenchu.

—¡Victoria! ¡Victoria! Hermana querida, hermana querida —sollozaba a lo lejos.

—¡Carmenchu! ¡Oh, hermana! ¡Hermanita! —respondió mi abuela.

Ambas se abrazaron y se besaron en la mejilla un buen rato, sollozaron, se miraron y se volvieron a abrazar. Luego se soltaron, pero al instante volvieron a abrazarse. Lloraban como dos niñas pequeñas. Qué reencuentro más bonito. Yo me puse a llorar también, tanta emoción no se podía contener, y además estaba con las emociones a flor de piel.

—¡Esta es Eugenia, mi nieta! —me presentó mi abuela.

—¡Pero qué niña más guapa, madre mía, si es un pibón! —respondió Carmenchu mientras me daba un achuchón.

—La más hermosa de todas —dijo mi abuela.

—Este es José Antonio —siguió Carmenchu con las presentaciones—, tu sobrino, Victoria. Tiene una hija muy guapa también, se llama Laura y debe tener la misma edad que tu Eugenia.

—¡Oh, José Antonio, qué gusto conocerte! Mi único hijo se llama José Luis. —Mi abuela lo abrazó con fervor.

Nos fuimos de la estación rumbo al pueblo. Por la carretera solo vi plantaciones de olivos y algún que otro pueblo que divisé a lo lejos. Me llamó la atención que todas las casas fueran blancas. Carmenchu me explicó que en la región de Andalucía es común pintar las casas de ese color, dado que en verano las temperaturas suelen rondar los cuarenta grados y que, además, es una seña de identidad de la región. También es común que cada municipio siga manteniendo el encanto y la esencia arquitectónica que dejaron los árabes, judíos y cristianos, guardando entre sus calles estrechas preciosos rincones de historia, costumbres y belleza. Incluso, más al sur todavía, existe la ruta de los pueblos blancos de Andalucía.

La casa de Carmenchu me pareció una monería, llena de cuadros de vírgenes y santos por todos lados. Tenía una entrada que daba a un patio exterior, en donde tenía varias macetas colgadas con plantas y flores de todos los colores. A la derecha, una escalera que daba al segundo piso y una puerta que al abrirla daba a un salón con una gran chimenea de piedra en el centro. A la izquierda del patio exterior había una típica cocina andaluza, con muchos muebles por todos lados, repisas de madera con fotos en blanco y negro de todo el familión de mi abuela, una mesa con sus enagüillas, un sofá y, por supuesto, una televisión.

Nos esperaba en la cocina mucha gente, todos agrupados, riendo y bebiendo cerveza. Carmenchu tenía una fiesta de bienvenida preparada para nosotras. Casi todo el vecindario y familiares estaban invitados.

—¡Esta es mi gente! —me gritaba Carmenchu mientras me apretaba hacia ella, era su manera de demostrar el cariño, a manotazos.

—Ahora entiendo por qué mi abuela es así, tía Carmenchu —le contestaba yo mientras me reía.

—Ven, que te voy a presentar a Eusebio y a mi nieta Laura —me contestó muy extasiada—. ¡¡Eusebio!! ¡¡Eusebio!! —gritaba.

Desde la escalera vi que venía bajando una muchacha guapísima, venía con una sonrisa dibujada en la cara. Era Laura. Nos abrazamos como si nos conociéramos de toda la vida.

Laura me hizo un *tour* por toda la casa, me mostró los dormitorios, la azotea y los servicios. Era una casa gigante, sin antejardín, pero con una terraza en el tercer piso o, mejor dicho, una azotea. Me dijo que compartiríamos cuarto durante todo el verano, había hablado con sus padres para poder pasar la temporada en casa de Carmenchu. Parecía bastante emocionada por nuestra llegada porque a cada rato me abrazaba.

Desde el principio Laura se mostró, más que como una prima, como una hermana. Nos contábamos historias hasta altas horas de la noche y nos reíamos a carcajadas; me prestaba su ropa, y yo a ella la mía; me enseñó a maquillarme y yo le leía historias. Hablábamos del futuro, de nuestros sueños y de lo que queríamos estudiar; ella quería tener dos hijas, y me prometió que a una la nombraría Elizabeth, como mi madre. Eso me hizo mucha ilusión. Yo, por mi parte, le decía que si tuviera una niña, no sabía si llamarla Victoria o Laura, que tenía mis dudas. Me pegaba almohadazos porque quería que le pusiera como a ella.

Era alegre, divertida y con mucho entusiasmo, bailaba sevillanas como las diosas y siempre vestía bien y olía de maravilla. Era guapa de cara y tenía un buen tipazo. Delgada, piel morena y pelo rizado, largo y oscuro, casi negro. Su melena era sencillamente espectacular. No era la más culona ni tampoco tenía grandes tetas, pero se defendía. Sin embargo, tenía una silueta despampanante y ella además sabía sacarse partido con el maquillaje y la vestimenta. Se había graduado hacía poco de la ESO (Educación Secundaria Obligatoria) y, así como yo, andaba un poco perdida por la vida, no sabía si estudiar o ponerse a trabajar de camarera o en lo que fuera. Me decía que quería irse a trabajar a la Costa del Sol, en Málaga. La gente comentaba que allí se ganaban muchas pesetas y que teníamos que aprovechar el auge turístico de la zona. Estábamos en los años noventa y era verdad que fue una época muy buena para todo el sector hotelero e inmobiliario en Andalucía. Ella era así, aventurera, le gustaba viajar y casi siempre decía que sí. Me hacía gracia, porque se apuntaba a todo y a veces tomaba decisiones sin pensarlo, porque era de estas personas emocionales e impulsivas, para lo bueno y lo malo.

Así fueron pasando mis días en ese pueblo. Todo me parecía una novedad, las casas, los colores, la gente tan alegre. Ya no pasaba penas gracias a la compañía de Laura, mi abuela y su hermana. A ratos me acordaba de Bladimir, pero teníamos tantas actividades que pronto me olvidaba de él. Me daba gusto tener más familia, la verdad. En Chile solo tenía a mi padre, porque con la familia de mi madre no contaba.

Laura y yo salíamos casi todos los días a la piscina municipal, que estaba cerca de su casa. Era pleno agosto y bordeábamos los cuarenta grados. Durante esas salidas me hablaba de carnavales y ferias, que la feria ya mismo la celebrarían en su pueblo. Yo no sabía mucho de fiestas, pero luego me enteré de que en España, especialmente en la región de Andalucía, cada pueblo, por muy pequeño que sea, celebra sus carnavales y ferias. Estas son fiestas costumbristas que se viven en dos épocas del año: en el caso de carnavales, todo el pueblo se disfraza, bebe y baila como si no hubiese un mañana, y casi siempre se celebran en invierno; en las ferias, que suelen ser en primavera y verano, la gente se viste con sus trajes típicos, las mujeres de flamenca y los hombres con sus sombreros cordobeses y sus camisas blancas impecables. Hay música, mucho guitarreo por todos lados, sevillanas y flamenco. Me gustaba ver lo unida que estaba la gente siendo un pueblo tan pequeño, eso en las grandes ciudades no pasaba.

Fueron días felices, la verdad. Me sentía hasta culpable, porque intuía que Bladimir no lo estaba pasando nada bien. Pero no tenía cómo saber de él, en esa época no existían los correos electrónicos y una llamada era carísima, tampoco sabía dónde ubicarlo. Sin embargo, esa imposibilidad de comunicarme con él me sirvió para aprender a disfrutar de mi juventud y a paliar ese sentimiento de soledad que sentía en Chile.

Laura y yo cogimos una rutina que me encantaba. Solíamos ir por las mañanas a la piscina hasta la hora de almuerzo, después dormíamos la siesta o, si nos apetecía, nos íbamos nuevamente a la piscina. Llegábamos a casa por la tarde, nos duchábamos y arreglábamos para irnos de tapas y, si era viernes, nos íbamos a bailar a una discoteca juvenil que era furor en el pueblo. Fueron momentos que atesoro en mi corazón porque por primera vez me sentía viva, me sentía guapa y, sobre todo, mujer. Los muchachos se acercaban a hablarnos para intentar ligar con nosotras. Laura era coqueta por naturaleza, yo era más tímida, pero estaba aprendiendo el arte de la seducción con algunos consejos que ella me daba.

Un día recuerdo que Laura me acompañó a comprarme ropa para ponerme moderna, porque según ella yo vestía muy «cateta», un término al que se refería para decir que vestía como antigua. Usé mi primera minifalda gracias a ella. Cuando Nina me vio, primero se sorprendió, pero luego me dijo que parecía una modelo de esas que aparecen en las revistas y en la televisión. Con Laura hice muchas cosas por primera vez, como por ejemplo beber a escondidas, hicimos excursiones e incluso me enseñó a fumar, aunque luego no me gustó. No me siento orgullosa de esto último, pero fue parte de mi proceso de crecimiento adolescente.

Cuando nos dimos cuenta, ya llevábamos cuatro meses en España, habíamos pasado el verano, el otoño y ya había entrado el invierno. Hacía frío y Carmenchu y mi abuela estaban entusiasmadas con los preparativos de Navidad y Nochevieja. Laura ya se había mudado a casa de sus padres, a regañadientes, por supuesto, pero eso me sirvió para tener algo de intimidad. Yo también necesitaba un espacio para mí, para pensar en el futuro y para leer. Cómo extrañaba leer. Mi abuela me preguntó si quería volver a Chile, llevábamos ya varios meses viviendo allí y teníamos que definir nuestro futuro. Yo, honestamente, no quería regresar todavía, por lo que le propuse que nos quedáramos hasta después de la feria del pueblo, que se celebraría en abril. Mi abuela estuvo de acuerdo.

¡Ole! Es la chilena más guapa que haya visto

Al llegar la primavera, la gente parecía que se ponía más alegre todavía, el municipio entero se volcaba en la feria, una fiesta típica que se celebra en casi todos los pueblos andaluces, y Florenzal no era la excepción. Se sentía ese fervor popular en las calles, dado que los preparativos comenzaban, por lo menos, con dos meses de antelación. El Ayuntamiento enviaba una revista con la programación, mientras que en las calles los vecinos adornaban sus casas con motivos de feria. Mi abuela me dijo que nos vestiríamos de flamencas. Laura, que se entusiasmaba con todo, no dudó ni un segundo en organizar toda nuestra indumentaria para lucir espléndidas esos días de fiesta. Primero me llevó a una tienda en donde había cientos de vestidos de flamenca, todos eran bonitos, y luego insistió en que debíamos ir a su peluquera de toda la vida, para elegir el peinado de ese día.

Finalmente, me decidí por un traje de flamenca color turquesa con escote redondo adornado con flecos bicolor, confeccionado en encaje fucsia que iba forrado en turquesa y gasa del mismo color. Unas flores color fucsia en la cabeza y un abanico en mi mano. Según ellas, me sentaba fenomenal con el color dorado que había dejado el verano en mi piel. Al probarme el vestido no parecía que fuese yo, me veía diferente, atractiva y muy llamativa. La verdad es que el vestido de flamenca acentúa mucho la figura femenina y no conozco a ninguna mujer que no se vea guapa metida en un traje de gitana.

La feria se celebraba en un descampado en donde había muchas casetas, cada una tenía una cocina y un bar, y varias mesas y sillas para sentarse, incluso en las más grandes había hasta un escenario. Una caseta es un recinto acotado por paredes de tela y techados, una pegada a la otra, decoradas con muchas luces, farolillos, pompones, flecos, globos, banderines y, sobre todo, lunares por doquier. Además, en algunas casetas colocan también sombreros cordobeses y abanicos en las paredes. Es una semana entera en la que la ciudad se viste de colores, lunares y tacones, se escucha música por todas partes. Es una de las fiestas más esperadas por los sevillanos. Además, se mueve un montón de dinero y muchas familias viven de eso.

Habíamos quedado en estrenar nuestros vestidos en la primera noche de feria, la noche del *pescaíto,* como lo llamaban ellos, y la del *alumbrao,* cuando se iluminaba la feria con diseños inspirados en hechos históricos, como seña de identidad de cada región española. La iluminación es muy típica en todos los pueblos andaluces, pero más aún en feria y Navidad, y tiene como propósito contribuir a crear ese espíritu festivo y de alegría que caracteriza a la región de Andalucía.

Laura nos pasó a recoger a las seis de la tarde. Yo ya estaba lista, mi abuela y Carmenchu, también. Aún tengo la imagen de ese momento, qué bellas nos veíamos todas y qué alegría ver la cara de Nina. Nunca la había visto tan feliz como aquel día. Parecíamos un ramillete de flores de colores, cada una iba vestida con un traje bicolor: Carmenchu de amarillo con toques azules, mi abuela de celeste y blanco, Laura de blanco y volantes rojos, y yo de turquesa y fucsia.

Llegamos al recinto ferial y nos fuimos al sitio donde inauguraban el alumbrado. Había muchísima gente por todos lados, todos riendo, bebiendo cerveza o rebujito[2] y vestidos con sus trajes típicos y, por supuesto, bailando.

Yo nunca había visto eso, la verdad es que me sentí muy a gusto, como si todo eso fuera parte de mi cultura, y no es que Chile no lo fuera, pero vivir todo eso era muy diferente a lo que estaba acostumbrada.

Cuando terminaron de encender el alumbrado y se dio por inaugurada la feria de ese año, Laura y yo nos apartamos de nuestras respectivas abuelas y nos fuimos a la caseta que era solo para jóvenes. El ambiente estaba muy animado, había muchísimos muchachos y muchachas de nuestra edad, y también algunos más mayorcitos. Algunos se quedaban fuera y otros se metían a la caseta a bailar. La mayoría bebía alcohol mientras se movían al son de la música moderna que sonaba a todo volumen, se escuchaban gritos y palmas por todos lados. Era una bonita locura. Nosotras bebíamos rebujito, era la primera vez que tomaba tanto alcohol y ya me sentía con el puntillo.

De pronto, hacia nosotras se venían acercando tres muchachos muy bien vestidos, a cuál mejor peinado.

—¡Laura!, ¿qué hacéis por aquí, guapa? —le dijo el más alto.

—Aquí disfrutando de la feria, gachón —le contestó Laura, muy confianzuda.

—¿Y esta preciosura quién es? —le preguntó, mientras yo sentía que me desnudaba con la mirada.

---

[2]   Rebujito: Vino blanco mezclado con gaseosa blanca de marca 7Up y hierbabuena.

—Esta es Eugenia, mi prima chilena, que ha venido por una temporada.

—¡Ole! Es la chilena más guapa que haya visto —exclamó mientras se acercaba a mí, rodeándome por la cintura.

Me quedé sin respiración, quieta como una iguana al sol, mientras el tipo me olía el cuello. Sentí un rechazo absoluto al verlo.

—Deja a la muchacha en paz, joder. —Lo apartó de un tirón otro de los amigos presentes.

—Soy Daniel, por cierto —se presentó, dándome dos besos en la mejilla—. Y este es Lorenzo.

—¡Bueno, Eugenia, ya que ellos se han presentado, solo falta este sinvergüenza! —dijo Laura con tono de broma e interrumpiendo mi presentación con Lorenzo—. Te presento a Carlos, más conocido como el Koala.

—Ja, ja, ja, ja —se rio Carlos—. ¡Ese soy yo! —Se apuntaba a sí mismo con las dos manos gritando a todo pulmón.

—¡Ah! —exclamé de muy mala manera—. Un gusto conocerte —seguí el juego, con una sonrisa forzada y un tono de desagrado.

—El gusto es mío —me respondió él, mientras se inclinaba como un súbdito ante un rey, en plan burlesco, por supuesto.

El tercer amigo que estaba allí, Lorenzo, era el más sensato de todos, o fue lo que me pareció a mí. Aparte de que, de lejos, era el más guapo de los tres, se veía un muchacho de apariencia tranquila. Iba vestido con un pantalón de vestir color gris, un tanto ajustado, una camisa blanca debajo del pantalón, que tenía medio abierta, por lo que sobresalían algunos vellos del pecho, un cinturón y zapatos negros a juego. ¡Ah!, y una americana del mismo tono que el pantalón. Era alto, aunque un poco más bajo que el Koala, pero rondaba el metro ochenta y tenía una barba tupida pero muy bien cuidada, ojos marrones pequeños, nariz perfecta, piel blanca y pelo negro. Tenía un tipazo, vaya, nada que envidiar a un modelo de revista.

Me gustó desde que lo vi, debo reconocerlo. Para mi sorpresa, fue él quien se acercó primero con la intención de charlar sobre Chile y las razones por las que estaba yo en España. Me habló un poco de política y de la situación por la que había pasado el Estado chileno con la dictadura hacía algunos años atrás. Yo era tímida en esa época, claramente no tenía la misma soltura que ahora, entonces me costaba responder y entablar una conversación. Él me miraba con curiosidad, como si quisiera indagar más en mi vida, haciendo preguntas que, incluso, llegaron a ser un tanto incómodas, como: «¿Con quién estás aquí? ¿Por qué te has venido? ¿Dónde están tus padres?», etc.

Después de un rato, ambos nos relajamos y tuvimos una conversación más fluida. Terminamos riéndonos mucho, dado que con algunas palabras no nos entendíamos, no porque habláramos lenguas distintas, sino porque a pesar de hablar el mismo idioma, hay diferencia en los significados de las palabras. Me contó que trabajaba con su padre en una empresa de producción de aceite de oliva que tenían con su familia. Se dedicaba a exportar aceite de oliva en gran parte de Europa, por lo que rara vez estaba en el pueblo porque viajaba bastante.

Lorenzo tenía algo especial, algo que atraía misteriosamente. Se notaba que no era el típico muchacho que buscaba ligar con cualquier mujer que le pareciera. A ratos su sonrisa me cautivaba y no lograba concentrarme en lo que me decía, era seductor por naturaleza. Algunas muchachas se acercaban a saludarlo, veía sus caras embobadas y la coquetería que sale de cualquier mujer cuando está frente a un chico guapo. Porque sí, Lorenzo era indiscutiblemente atractivo e interesante. Me preguntaba si yo tendría esa misma cara mientras charlaba con él. La verdad es que después de un rato me daba un poco de celos ver que tantas mujeres se acercaban a saludarlo, pero me tranquilizaba el hecho de que volviera a mí después de darle un poco de charla a cada una. Con el tiempo entendí esa popularidad que Lorenzo causaba en la gente, pues provenía de una familia medianamente conocida en la zona, puesto que sus padres eran dueños de la fábrica refinadora de aceite de oliva más antigua de la comarca y daban empleo a mucha gente del pueblo.

Claramente, yo no estaba intentando ligar con Lorenzo, no era así, me costaba tomar la iniciativa en los temas del amor. Pero había algo entre nosotros dos, una chispa que nos provocaba pasar el rato juntos. Lorenzo no se apartó de mí en toda la noche, y yo la verdad es que me sentía a gusto con él. Desde Bladimir no había sentido una conexión tan fuerte con alguien.

Laura y Daniel estaban muy acaramelados, por no decir apasionados. Antes de que se marcharan a eso de las tres de la madrugada, Laura me cogió del brazo para que la acompañara al baño, mientras que Lorenzo se quedó charlando con Daniel un par de metros más allá. Laura me confesó que Daniel le gustaba mucho y que la había invitado a una fiesta que estaban organizando unos amigos de él en una cochera, en las afueras del pueblo. La idea no me gustó mucho, por lo que me negué a ir y le aconsejé que nos quedáramos en la feria, más que nada porque sabía que nuestras abuelas no tardarían en venir a por nosotras. Pero Laura era más bien rebelde para ese tipo de cosas y me dijo que ella iría, que avisara a Carmenchu de que estaría con unas amigas del colegio.

Me supo mal tener que mentir a Carmenchu, pero no podía fallar a Laura. Le expliqué a Lorenzo la situación y él se ofreció a ir conmigo a la fiesta a la que me estaba invitando Laura, pero yo no quise ir. Más tarde apareció mi abuela con Carmenchu y nos fuimos a casa.

Lo pasamos muy bien esa noche, la verdad. Laura llegó a las seis de la mañana…

Castillos en la arena

A la mañana siguiente desperté con resaca, con tanto rebujito mi cabeza iba a explotar. Habíamos comido poco la noche anterior y no estaba acostumbrada a esos ajetreos nocturnos. Laura, que se quedaba conmigo en la habitación, estaba profundamente dormida, aunque por la fiesta que se pegó diría que estaba en estado de coma. Ni se inmutó cuando el aire que entraba por la ventana de la habitación empujó la puerta y dio un portazo que casi echó abajo la casa de Carmenchu. «¡Seguro que tuvo más de una noche movidita!», pensé.

Me levanté porque escuché bullicio en el salón, bajé la escalera aún somnolienta y escuché a mi abuela Victoria charlando con una vecina acerca de la desaparición de una muchacha de un pueblo cercano. Decían que llevaba más de cinco días sin llegar a su casa y que tanto la Policía como la Guardia Civil ya habían activado el protocolo de búsqueda.

—Esa se ha ido con alguno —decía Carmenchu.

—¡Qué va! —exclamaba la vecina—. Si la muchacha era más tranquila que una foto.

—Eso dicen todas las madres, pero en el fondo saben que sus hijas son unas descarriadas buenas *pa* la picha —exclamaba Carmenchu.

—Qué horror esas palabras, Carmenchu, por favor —le regañaba mi abuela.

—¡Dios quiera que aparezca! —se persignaba la vecina.

Ante una desaparición, ¿será posible que siempre las culpables seamos nosotras? Ya sea por ir vestidas de forma sugerente, por haber bebido más de la cuenta o por el simple hecho de ser mujer. Me parecía injusta esa forma de pensar de Carmenchu. No estaba claro lo que había pasado con esa chica realmente, ¿por qué juzgarla antes de tiempo? En los tiempos que estábamos no podíamos fiarnos de nadie. Muchas cosas negativas le pudieron haber pasado: un rapto, una violación, quizás un homicidio o, simplemente, que se hubiera ido por su cuenta por problemas familiares, que claramente era el mejor de los casos. No obstante, si hubiese sido la última opción, creo que ella y cualquier persona en su sano juicio, por lo menos, avisaría a una amiga o alguien cercano acerca de su paradero. Honestamente, no creo que alguien desaparezca así sin más, ¿no? Es lo que haría yo si decidiera fugarme por voluntad propia. Lo que quiero decir con esto es que si alguien desapareciera de un día para otro, el entorno debería preocuparse de inmediato y no pensar que ha sido premeditado, porque lo más probable es que eso no tenga un buen final.

Me tomé un vaso de leche y una tostada con aceite de oliva, era el mejor desayuno para reponerme. Mi abuela Victoria se acercó a mimarme un rato y me quedé abrazada a ella en el sofá mientras me acariciaba el pelo; sabía que eso me relajaba.

—¿En qué piensas, Eugenia? —me preguntó.

—En esa muchacha, abuela. ¿Qué le pudo haber pasado?

—¡Yo qué sé, hija! Hay tanta gente mala, hija. Por Dios…

—Abuela, ¿crees que se ha ido por su cuenta?

—No lo sé, Eugenia, pueden ser tantas cosas. Solo te pido que tú no me vayas a hacer eso en la vida, por favor. Me muero si te pasa algo.

—No, abuela, yo no me iría sin avisar. Por eso despreocú-
pate. Ahora, si no te he avisado por lo que sea, algo malo estaría
pasando y debes actuar de inmediato.

—Por Dios, Eugenia, te voy a comprar un espray de pimienta
por si acaso. Si alguien intentara lo que sea, se lo tiras *pa* los ojos
y listo…

Me eché a reír.

Sinceramente, el espray de pimienta que me compró mi
Nina de nada me sirvió, porque la forma en cómo me reclutaron
no fue forzada, sino que fui engañada a través de una red de
carácter familiar o cercano —como llama la Policía a este tipo
de captación—, en la que Laura, sin quererlo, se vio involucrada.
Las redes de trata de blancas o de mujeres en el mundo actúan
así, buscan a sus víctimas a través de gente conocida; incluso,
en los casos más terribles en donde la situación de pobreza es
extrema, son los propios padres quienes empujan y ofrecen a
sus hijas para que ejerzan la prostitución a cambio de bienestar
para ellos.

Resulta que Daniel, el chico que conocimos en la feria, se
convirtió a las pocas semanas en el novio de Laura. Honestamente,
esa repentina relación me pareció muy rara y apresurada. Laura
estaba feliz porque, según ella, estaba enamorada de Daniel.

Yo tampoco lo estaba haciendo nada mal, porque a los pocos
días de la feria, comencé a salir con Lorenzo. En principio, como
amigos, pero luego de darnos nuestro primer beso, nos compor-
tamos como si fuéramos novios. No obstante, en nuestro caso,
todo iba mucho más lento. Entre que mi abuela no me daba tanta
libertad para salir y los extraños horarios que Lorenzo tenía en
su trabajo, era difícil quedar, pero igualmente lo intentábamos.

Lorenzo era diez años mayor que yo, y eso a mi abuela no le hacía mucha gracia, le hacía recordar sus primeros años de relación con Henri, situación muy similar a la que estaba viviendo yo. Aunque sabía, por los chismes de las vecinas, que era un buen chico y de muy buena familia, no la convencía del todo.

A mí me gustaba estar con él y no me importaba la edad que tuviera. Para mí, era el hombre ideal: guapo, cariñoso, atento, trabajador y muy respetuoso. Lo único que no me gustaba era que a veces desaparecía, pasaban días y días en los que no sabía nada de él. Me angustiaba cada vez que me hacía eso, luego aparecía de la nada y era como si todo lo mal que me hacía sentir se borrara de una vez. Sentía que me estaba enamorando de él, porque me pasaban cosas mucho más fuertes que lo que sentí alguna vez por Bladimir.

Laura conocía a Lorenzo desde pequeña y siempre lo dejaba en buen lugar y me aconsejaba que no pensara nada malo porque los hombres eran así. Además, me decía que era una chica con suerte, porque Lorenzo jamás se había fijado en nadie del pueblo y que me tenía que sentir orgullosa de que se paseara conmigo de la mano delante de todos.

—¡Una absurda forma de conformarse! —le rebatía.

Pero ella parecía que solo tenía palabras halagadoras para Lorenzo, siempre decía que era un muy buen partido.

—¡Guapo, rico y buena gente, gachona! ¡Anda la chilena lista! —me gritaba cada vez que me veía.

Laura tenía la mala costumbre de hacerme cosquillas en la barriga. No me gustaba que me hiciera eso, pero era tan insistente que era inevitable terminar en ataques de risa.

Con el pasar de las semanas, comencé a ver muy poco a Laura, después de que iniciara su romance con Daniel. De quedar casi todos los días, como hacíamos antes, pasamos a vernos tan solo una o dos veces a la semana en una cafetería que quedaba en la esquina de la casa de Carmenchu, y solo porque Daniel tenía cosas que hacer. Encima nuestras conversaciones estaban solo relacionadas con él: «Daniel por aquí… Daniel por allá… Mira lo que me regaló… Ayer fuimos a su casa…». En fin, así estaba todo el tiempo. La extrañaba, me había acostumbrado a ella, desde que la conocí nos hicimos íntimas y era la única amiga en la que podía confiar estando en España.

Un día me confesó que se iba de viaje, que Daniel la había invitado a Marruecos con todo pagado, dado que él necesitaba unos días de vacaciones para relajarse del trabajo y había conseguido un hotel muy barato en Marrakech, una ciudad ubicada al suroeste de Marruecos, en África. Cuando me dijo eso, abrí unos tremendos ojos de asombro e intenté oponerme, pero de manera muy sutil:

—Pero, Laura, ¿de verdad te vas a ir a Marrakech con Daniel? Si apenas lo conoces.

Ella me respondió un tanto enfadada:

—Joder, tía, ¿qué tiene de malo? Ya somos adultas y quiero viajar. ¿Qué hago yo en este pueblucho de mierda, encerrada toda la vida?

—Ya —contesté—, pero me parece tan lejos…

—¿Lejos? Ja, ja, ja, pero si Marruecos lo tenemos a quince kilómetros cruzando el estrecho de Gibraltar. Además, muero por conocer la cultura árabe, visitar los palacios, la comida, la gente… Ah, y lo mejor, recorrer parte del desierto del Sahara a camello.

—Ya, visto así sí que suena interesante. No sé, Laura, algo no me cuadra de este viaje. Piensa que llevas menos de un mes saliendo con Daniel, y muchos hombres, para conseguir cosas, son capaces de hacernos creer que nos pueden construir castillos en la arena —le advertí—. ¿Cuándo te vas?

—¿Pero qué dices de los castillos? Ja, ja, ja, me haces reír tanto, Eugenia. Tú y tus frases de abuela. Pues Daniel me ha dicho que cuanto antes, está arreglando unos asuntos y después de eso nos marcharíamos. Me ha ayudado incluso a sacar el pasaporte. ¿Ves lo cateta que soy? Ni siquiera eso tenía.

—No lo sé, Laura, me da mala espina ese Daniel. Quizás solo te esté haciendo ilusiones, castillos en la arena —suspiré mirando al cielo—. Dime, ¿puedes tú construir un castillo de arena y vivir en él? No, no se puede, porque llega una tormenta, una ola y se derrumba todo. Pero, claro, suena bonito si te lo prometen, ¿no? A todo esto, ¿se lo has dicho a tu abuela? —la seguí interrogando.

—¡Qué vaaaa! Si se lo digo, me monta un pollo que no veas, tía. No puedo decírselo, y tú menos, ¿eh? Shhh. —Me hizo el gesto de silencio con la mano—. Ni se te ocurra, ¿me escuchaste?

Me quedé callada, reflexionando un rato. En el fondo, estaba de acuerdo con ella en que Carmenchu pondría el grito en el cielo, pero… ¿y sus padres? Sentía que tenía una tremenda responsabilidad sobre mi espalda al guardar un secreto así. Además, ya era la segunda mentira que tenía que decir por culpa de ese tal Daniel.

—Bueno, cambiando de tema —prosiguió ella—, Daniel me ha comentado que le gustaste al Koala.

—¿Ah, sí? —refuté sin ganas—. Pues créeme que a mí no, nada. Es más, me causó rechazo, no sé por qué. A todo esto, ¿por qué le dicen así?

—Ja, ja, ja. Tía, a ver cómo te lo explico… Este tío tiene la fama en el pueblo de pasar emporrado todo el día —me hizo el gesto de que fumaba marihuana colocando sus dedos en la boca—, igual que los koalas, que pasan volados por las hojas de los eucaliptos. Según dicen, esas hojas son tóxicas. Carlos se mete de todo lo que pilla, hasta cocaína —comentó en voz baja.

—¿De verdad? —pregunté incrédula.

El apodo me hizo reír a carcajadas, pero a su vez me preocupé porque no entendía la figura de Lorenzo en la feria con el Koala. Conociendo lo serio que era Lorenzo y la fama de bonachón que tenía, no me cuadraba la situación. Algo raro había, sospechaba cosas negativas acerca de la relación de Laura y de este viaje tan repentino, por lo que seguí con mis preguntas en plan detective:

—Oye, Laura, ¿sabes si Daniel se mete cocaína?

Silencio en el ambiente.

—¡Yo qué sé! De lo que sí me he dado cuenta es de que algunas noches ha llegado raro a buscarme, como muy acelerado y blanco como la harina. Una vez, estábamos en su coche y comenzamos a calentarnos, ya tú sabes, en plan tocaditas, y lo hicimos ahí. Luego, sacó de su bolsillo una bolsita chiquita con un polvo blanco. Le pregunté qué era y me dijo que era paracetamol molido mezclado con otras sustancias. Pero no se lo metió. Le pregunté por qué estaba molido, y me dijo que lo mezclaba para que fuera más rentable. Yo supuse que se trataba de drogas, pero quería indagar más aún, entonces le pregunté de qué gente me hablaba, que me contara… Le insistí, pero se calló la boca como si se hubiese arrepentido de haberme dicho esas cosas. A los minutos me dijo que parara de hacerle preguntas y muy, pero muy serio, me advirtió que no me metiera en sus asuntos, se bajó y dio un portazo. Me bajé yo también y lo encaré, le grité que quién cojones se creía para hablarme en ese tono amenazante. Se enfureció, me agarró de un ala y me metió al coche de nuevo, me sentó y con su dedo índice me amenazó directo a la cara y me dijo que era la última vez que lo cuestionaba, que no quería ser violento conmigo porque le gustaba mucho, pero que me callara de una puta vez.

Tragué saliva asombrada por todo lo que estaba escuchando, no daba crédito, luego seguí con la charla:

—¡Qué fuerte, Laura, lo que me cuentas! No es normal esa reacción por su parte. Bueno, ¿y qué pasó después?

—Nada, me dejó en mi casa como a las tres de la mañana, llegamos en cinco minutos porque condujo a toda velocidad, como a doscientos kilómetros por hora, y lo único que me decía era que tenía un maquinón de coche. Yo me enojé y no le hablé en varios días. después de una semana llegó a mi casa con un ramo de flores y nos reconciliamos.

—¿Y así piensas irte de vacaciones con él? —le pregunté con un tono de preocupación.

—Ya, tía, pero si me pidió disculpas y todo, no es *pa* tanto. Además, lo quiero mucho, ¿sabes? Bueno —cerró abruptamente el tema—, cuéntame de ti… ¿Te has acostado con Lorenzo? ¡Cuenta, cuenta! —me decía mientras le daba un sorbo a su refresco.

Yo miré hacia abajo y sonreí levemente, un poco avergonzada por lo directa que fue.

—No —le contesté—, aún no vamos por ahí. Pero no me cambies el tema, Laura. Me preocupa que te vayas con Daniel, ¿quién te dice que no volverá a tener ese comportamiento?

—Basta, Eugenia, ya lo tengo decidido, iré a ese viaje. Entiendo que estés alarmada, pero compréndeme a mí también, ¡por favor!

Laura tenía la facilidad de hacerme cambiar de idea con sus gestos y las caras que ponía cada vez que me enfadaba o no estaba de acuerdo con algo. Tenía un poder de convencimiento asombroso.

—Valeeee —le dije con tono relajado—. Pero te cuidas, ¿vale? Y a la primera que Daniel se vuelva a comportar así, te vienes o lo dejas. ¿Lo prometes?

—Prometido. —Y me dio la mano—. ¿Y tú? Contesta mi pregunta, gachona: ¿has tenido sexo con Lorenzo?

—No —contesté escueta.

—No me lo puedo creer —dijo ella asombrada, y se acercó con su silla más a la mesa, en plan chismosa.

—¿Qué es lo que tiene de raro? No es algo que me interese por ahora —acoté.

—¡Pero, Eugenia, el sexo es lo mejor!

—Ya, pero lo quiero hacer con quien me sienta segura y por amor —le respondí algo tímida.

—¡No! —gritó—. No me lo creo, tía. ¿Eres virgen aún? —Y se tapó la boca algo incrédula.

—Sí —respondí—. Aún lo soy, Laura.

Lorenzo llevaba toda la semana desaparecido, no había sabido nada de él desde el domingo pasado que nos vimos por última vez, y ya era viernes. De todas maneras, sabía que aparecería en cualquier momento, por lo que le advertí a Carmenchu que si se presentaba en la casa le dijera que no estaba, que me había atropellado un tren y que llevaba tres días enterrada en un cementerio en Chile. Estaba realmente molesta con él, muy molesta. No entendía cómo era capaz de no decirme nada, Carmenchu tenía un teléfono, perfectamente podía llamar allí.

Estaba en mi cuarto cuando golpearon la puerta. Era él. Carmenchu le dio mi recado al pie de la letra, mientras que yo estaba en el segundo piso intentando escuchar detrás de la puerta. La verdad es que me moría por abrazarlo, pero sabía que tenía que darle algún tipo de lección, ¡no podía seguir haciéndome sentir así!

Pensé que Lorenzo, al escuchar el mensaje de Carmenchu, se había retirado, porque acto seguido escuché un portazo. Bajé corriendo por las escaleras y en vez de encontrarme a Carmenchu, me encontré a Lorenzo con un tremendo ramo de rosas rojas frente a mí.

—¿Por qué le dejaste entrar, Carmenchu? ¡Te dije que no lo quería ver! —regañé a Carmenchu.

—¡Nena! —intentó calmarme Carmenchu—. No seas tan dura con él y escúchalo.

—No quiero verlo… Lorenzo, por favor, vete. —Lo miré a la cara con ojos de gato compungido.

—Bueno —dijo Carmenchu—, me voy al salón. Id a la cocina para que podáis charlar más tranquilos.

Caminé hacia la cocina y Lorenzo me siguió, saqué agua y le ofrecí un vaso.

—Eugenia, mi amor, no pude llamarte. Si te contara lo entenderías, pero no puedo explicarte nada por ahora… Solo he pensado en ti —siguió—. No hago nada más que pensar en ti desde el día en que te conocí, pero estoy con un problema gordo en el trabajo, muy gordo, que tengo que resolverlo pronto.

—No hay excusas, Lorenzo, no soporto que no me llames, no te veo en toda la semana, vienes cuando te apetece… ¿Crees que así se hacen las cosas? Pues no, así no son las cosas, esto es de dos y no entiendo qué te pasa. Llevamos juntos más de un mes y ni siquiera sé qué somos. No sé a ti, pero a mí las cosas así no me gustan —sentencié.

—Lo siento —me dijo—, lo siento en el alma…

—Es que no basta con sentirlo, estoy harta de que desaparezcas, me preocupa, ¿sabes? Y no quiero vivir con esta angustia. Mira, si es así, prefiero dejarlo…

No sé por qué razón dije eso, pero fue lo que me nació en ese momento. Honestamente, no pensaba en terminar con él, pero mi orgullo fue más fuerte.

—¡Euge, mi amor, por favor no! No tenemos que terminar, puedo cambiar ciertas cosas y llamarte si eso es lo que quieres, me muero sin ti… —Y de pronto se puso a llorar.

Yo no entendía nada. Me sorprendió su reacción porque Lorenzo no era así de sensible, al contrario, siempre se veía muy compuesto y rudo. Su actitud me dejó perpleja, tanto fue así que en vez de seguir enojada, solo atiné a abrazarlo.

Dejé el rencor atrás, la verdad es que deseaba tanto tenerlo entre mis brazos que incluso estuve a punto de declararle todo mi amor y rematar la historia confesándole que me conformaba con el poco tiempo que me daba, pero me callé porque tampoco se merecía que reculara tan rápido.

Nos reconciliamos en el momento en que él me buscó con su boca y nos dimos un beso algo tímido. Después de ese beso vino un segundo un poquito más subido de tono, luego metió su lengua y yo le seguí el ritmo, hasta que finalmente terminamos comiéndonos la boca como si no hubiese un mañana. Era un beso de dolor mezclado con deseo y necesidad. Fue algo dulce, pero a la vez pasional. Honestamente, hubiera deseado no haber estado en la cocina, sino en la habitación. Pero, claro, estábamos en la casa de Carmenchu y había que respetar. Estuvimos mucho rato abrazados, en silencio, reflexionando y haciéndonos cariño. Cenó en casa y luego se fue. Cuando iba saliendo me propuso salir el día siguiente:

—Euge, mañana pasaré temprano a buscarte, prepárate que te llevaré a un sitio que a mí me gusta mucho.

—Vale —respondí.

Lorenzo pasó por mí esa mañana veraniega. Me dijo que tenía todo el día libre para mí, cosa que me puso muy contenta. Íbamos de pícnic. Eché un vistazo al asiento de atrás y me sorprendió ver una canasta de mimbre, como esas que salen en las películas románticas. Pude ver de reojo que, en el interior de la canasta, había toda clase de refrigerio: una botella de vino tinto, quesos, jamón ibérico, galletas, pan, aceitunas, chocolate y unos frutos secos. Me pareció muy tierno de su parte que pensara en todos esos detalles.

—¿Quién te ha preparado la canastita? —le pregunté con una sonrisa irónica.

—¡Ajá! —exclamó—. Conque curioseando antes de tiempo, ¿eh? ¿No me crees capaz de preparar un pícnic?

Me reí.

—Claro que eres capaz, solo que nunca tienes tiempo.

—Pues ayer, después de pasar a verte, le pedí a mi madre que me ayudara.

—O sea, ¿que le hablaste a tu madre de mí? —le pregunté sorprendida.

—Toda mi familia sabe de ti, Eugenia…

Me quedé mucho más satisfecha después de esa respuesta, realmente me consideraba más de lo que yo pensaba. Me prometí a mí misma que tenía que olvidar lo de ayer y que debía entenderlo. Además, no es que yo fuera una mujer superficial, pero realmente estaba para comérselo… Se veía irresistiblemente guapo con sus vaqueros cortos hasta la rodilla y una camisa de lino blanca. Hacía buena temperatura, yo diría que incluso algo de calor, y cuando hablamos de calor en Andalucía este puede ser asfixiante, por no decir inaguantable. Yo me puse un vestido floreado y un sombrero que me prestó Carmenchu.

—¡No te vaya a dar un patatús con este calor, niña! —me gritaba Carmenchu desde la puerta, mientras yo me subía al coche.

Fuimos por medio de las callecitas del pueblo hasta llegar a una rotonda principal, luego nos internamos por un camino de tierra. Lorenzo insertó un casete de una de sus bandas favoritas, los Beatles, y cuando sonó la canción *Oh Darling,* la comenzó a cantar a todo pulmón mientras me la iba traduciendo. Cuando terminó de sonar, me dijo:

—Es perfecta para ti.

Ya estábamos unos kilómetros lejos del pueblo y se comenzaban a ver las plantaciones de olivos. En Florenzal la mayoría de los habitantes vivía de sus tierras de olivos, algunos tenían más o menos fanegas, pero las aceitunas eran el sustento económico de muchas familias. Descubrí que, dependiendo del tipo de árbol de olivo, era la clase de aceituna que daría: algunas solo eran de mesa, mientras que otras iban directamente al molino para ser prensadas y extraer el preciado aceite de oliva. Existen muchas variedades de olivos en España, aunque es en la zona de

Andalucía donde más plantaciones hay, siendo la variedad más común la hojiblanca, pero también están las famosas aceitunas de mesa sevillanas.

Lorenzo pertenecía a una de las familias más importantes de la zona, dueña de una cooperativa y, además, de unas dos mil fanegas de campos de olivos. Eso era bastante. Durante el trayecto me contó que la mitad de las tierras que poseían fueron heredadas de sus abuelos, y estos a su vez de sus abuelos, es decir, territorios que han estado allí de generación en generación. La otra mitad, inversiones de su padre. Me explicaba que en Andalucía, hacía varios siglos atrás, existían las casas señoriales, que básicamente pertenecían a las familias más acaudaladas, funcionaban por títulos nobiliarios y hasta tenían un escudo; la casa de Alba, por ejemplo, es una de las más famosas, y el duque de Arcos, otro. En el caso de su familia, ellos no eran descendientes de nobles directos, pero sí eran los sucesores de un señorío muy importante que databa del año 1700 d. C., apellidado De la Cruz.

Después de treinta minutos de camino, aparcamos en las afueras de un cortijo que por fuera estaba pintado de blanco. Se veía desde lejos porque era inmenso. Allí iba la familia de Lorenzo a pasar algunos días cuando querían salir del pueblo. Me pareció la cosa más bonita que había visto en mi vida. Un cortijo es una finca extensa con edificaciones destinadas a vivienda para la explotación de zonas agrícolas propias del lugar. Son característicos de Andalucía y Extremadura. En los cortijos grandes hay viviendas para el dueño y su familia, pero también para todos los trabajadores. Con esto se evitaba el absentismo laboral, siendo el personal mucho más productivo. Vaya, que no les daban vivienda porque los dueños fueran buena gente, sino porque era mucho más rentable tener al trabajador disponible, sin problemas de trayectos ni problemas familiares. Tuvieron su apogeo a mediados del siglo XVIII. Ya en los años noventa no se usaban para esos fines. Sin embargo, no deja de ser una edificación hermosa, rústica y óptima para aquellos tiempos. El de la familia de Lorenzo, particularmente, contaba con varios patios que se comunicaban entre sí por medio de portones o rejas, los cuales estaban decorados artísticamente. En los patios había jardines con plantaciones de begonias, geranios, algunas rosas y paredes con plantas trepadoras, que hacían del lugar una estancia única, asientos con respaldos de azulejos, una fuente de agua, un pozo y un abrevadero.

En otro de los patios, había hileras de parras soportadas por columnas de ladrillos. Este cortijo era de varias dependencias. Me llamó la atención que en la zona central se encontrara una especie de bodega. Al entrar había un molino enorme; antes de existir las cooperativas, el aceite se prensaba allí. No pude seguir recorriendo aquel lugar porque de verdad que era inmenso. Lorenzo me comentó que, aparte de esos patios, en la zona norte podía encontrar silos, pajares, bodegas y hasta un establo, que actualmente usaban para guardar alguna que otra maquinaria de trabajo. Yo estaba impresionada, no tenía palabras para describir lo que era estar allí. Fue como transportarme a otra época. Además, estaba muy bien conservado, mantenía la arquitectura y el mobiliario rústico y antiguo.

Lorenzo comentó que estaríamos muy poco tiempo porque solo había ido a recoger una «cosita» que se le había quedado en casa, que no me hiciera ilusiones de quedarme porque él tenía otro plan preparado al aire libre, en donde, según él, se veían los mejores paisajes de la zona. Nos montamos en el coche para continuar nuestro camino, tomamos una ruta un poco más aislada. Durante el trayecto me contó la historia de su familia y cómo habían logrado hacer crecer su patrimonio.

—La clave está en el esfuerzo, la dedicación e inteligencia.

—¡Y mil fanegas de tierra de olivos heredadas! —me reí con un tono burlesco.

Se sentía afortunado por la familia en la que había nacido. ¿Quién no? Al escucharlo, me sentía un poco inferior, la verdad, pues mi padre y mi abuela no tenían nada en comparación con el imperio que su familia había logrado.

Sin embargo, hablar con él me inspiró. Ver esa grandeza me hizo reflexionar que tenía que hacer algo con mi vida, y no por dinero —que también—, sino por mí misma. Me di cuenta de que era inconcebible quedarse haciendo nada esperando que las cosas lleguen del cielo. Que no tenía la suerte de haber nacido en una familia rica como Lorenzo y que si yo no me buscaba la vida, terminaría durmiendo en los laureles, como solía decir mi Nina.

Entonces empecé a pensar en mi futuro. Es verdad que no tenía ni idea de qué sería de mi vida. Tenía diecinueve años y estaba confundida, no sabía si era una buena idea quedarme allí a vivir con mi abuela o regresar a Chile. Se lo comenté a Lorenzo para ver qué me aconsejaba, y me sugirió que, por él, yo me quedara en España.

El trayecto en coche se hizo ameno, aunque a ratos las preguntas de Lorenzo comenzaron a agobiarme. A veces se ponía un poco pesado haciéndome tantas preguntas acerca de mi vida, pero pensé que era lo lógico cuando estás conociendo a alguien. Hablamos de la muerte de mi madre y del nuevo matrimonio de mi padre, de Gabrielito, de mi gato Henri, ¡hasta Bladimir salió al baile! Entre conversación y conversación, finalmente llegamos al tema de Laura y Daniel. Le conté que llevaban saliendo más de un mes y que Laura lo único que hacía era hablar de él. Se lo conté quejándome, con la idea de desahogarme con alguien.

Lorenzo tenía facilidad para sonsacar cosas, con él todo parecía tan fácil que, sin darme cuenta, hablé de la vida de Laura también, bueno, solo de sus últimas vivencias. Le confesé que ella tenía la intención de irse de viaje a Marruecos con Daniel. Luego me arrepentí de habérselo dicho, porque era un secreto de amigas y estaba traicionando a Laura, ya que ella me había hecho jurar que no se lo contaría a nadie. ¡Qué niña era para mis cosas!

Él prestaba mucha atención a todo, era un chico listo al que se le notaba que le gustaba escuchar. Se interesó más de la cuenta, haciéndome preguntas tipo periodísticas: dónde, cómo, cuándo, por qué y quién o quiénes. Luego me preguntó si me habían invitado. Le contesté que no, que Laura iría con su novio en modo romántico. Me dijo algo que me hizo mucha ilusión:

—Euge, te pido por favor que no vayas, no es buena idea, menos con esa gente que Laura apenas conoce. Yo terminaré unos asuntos laborales que tengo pendientes, no puedo abandonar un proyecto en el que estoy metido. Pero te prometo que viajaremos donde tú quieras cuando termine. Tengo ganas de hacer muchas cosas contigo, muchas.

Asentí con una tremenda sonrisa en mis labios. Aunque me llamó la atención que Lorenzo se hubiera puesto así, tan negativo con el tema del viaje, no le tomé mayor importancia ni quise seguir indagando.

El paraje donde estábamos era de inspiración, un mirador en lo alto de una pequeña colina. Se podía divisar toda la comarca, en donde se marcaban claramente las infinitas hileras de olivos que nos rodeaban. Eso era una manifestación *in situ* de la cultura oleícola que se respiraba en Sevilla. Anduvimos cerca de un kilómetro para llegar específicamente a ese rincón, colocamos un mantel de cuadros en el suelo y nos quedamos un rato en silencio admirando la belleza y la tranquilidad del lugar. Me hubiese gustado haber detenido el tiempo e inmortalizar ese momento con una buena fotografía por si algún día tenía que volver a la realidad, al menos recordaría lo feliz que estaba siendo en ese momento; pero lamentablemente no tenía cámara y en esos años no existían ni los móviles ni la tecnología como los hay en la actualidad. Estar con Lorenzo era increíble, me sentía muy a gusto con él.

Nos sentamos cada uno en la esquina de la manta, como a medio metro de distancia. El día estaba perfecto, no hacía ni frío ni calor y el cielo no podía estar más azul. Lorenzo puso la canasta que traía consigo en medio de nosotros y comenzó a sacar las cosas para picotear. Luego, haciendo un ademán de alegría, sacó dos copones de vino y descorchó la botella.

—¡Esta era la «cosita» que pasé a buscar al cortijo! —me exclamó risueño, mientras me mostraba las dos copas de vino.

Brindamos y nos miramos fijamente a los ojos, como diciéndonos muchas cosas, pero sin expresarlo. Con suavidad tomé mi copa y di un sorbo, lento y pausado, saboreé ese nuevo sabor en mi boca. Aproveché el momento para darle las gracias por los días que me había hecho vivir; ya llevábamos algunos meses conociéndonos y sentía la necesidad de decírselo. Él me miró y sonrió, haciendo un gesto con la boca que me encantaba, luego se acercó a mis labios y me besó, suave y delicado. Me dijo que era la mujer más bella que había visto en su vida, que desde que me vio ese día en la feria quedó prendado, que yo tenía una fuerza interior que cautivaba a hombres y mujeres, pero en especial a los hombres. No podía explicar con claridad todo lo que yo le hacía sentir. Finalizó confesándome que era la primera vez que sentía eso por una chica y que no quería apartarse de mí nunca.

Luego me dijo algo que me dejó pensando, pero a lo que no le di mucha importancia en ese momento. Sin embargo, con el tiempo entendí por qué me lo dijo.

—Perdóname si alguna vez no te doy la prioridad que te mereces, corazón, pero hay cosas que me sobrepasan.

Luego me explicó que tenía asuntos muy importantes que resolver y que tenía un gran peso en su vida, que muchas veces había tenido que tomar decisiones que podían perjudicar a inocentes, pero que tenía que hacerlo por su trabajo. Hubo un silencio. No quise hurgar más, no sé por qué tenía la sensación de que sus frases tenían una doble lectura. Sentí incertidumbre por sus palabras, pero no dije nada, me quedé recapacitando. ¿Perdonarlo yo?, ¿de qué? Si lo único que me había dado ese hombre hasta ahora eran alegrías. No le di más vueltas y solo me dediqué a disfrutar de ese instante. Lo quería, sentía que lo quería mucho.

Hubo otro largo silencio y luego Lorenzo cogió mi cara con sus dos manos y me hizo un pequeño cariño en la mejilla derecha, a lo que yo respondí con una breve inclinación. Me miró y me preguntó si quería ser su novia. Me sorprendió su petición porque no me lo esperaba, honestamente. Y sin pensarlo mucho, asentí con la cabeza.

Comenzamos a besarnos desenfrenadamente. Yo quería entregarme a él. Ni siquiera lo pensé mucho, solo quería sentirlo dentro de mí. Se puso sobre mí lentamente sin dejar de besarme, su lengua cada vez estaba más adentro. Yo abrí mis piernas y luego, de forma intuitiva, me quité el vestido. En un principio me avergoncé, pero luego me relajé y me dejé llevar. Él acarició mis pechos y comenzó a deslizar su lengua hacia mis pezones. Me quejé de placer. Bajó hasta mi ombligo y comenzó a darme pequeños besos en mi vientre. Yo empecé a sacarle la camisa y a acariciar su torso desnudo, musculoso. Quería seguir, quería que me penetrara, no me importaba nada, solo quería hacer el amor con él, con nadie más. Quería entregarme por completo en cuerpo y alma.

—Quiero hacerlo por primera vez contigo, Lorenzo —le susurré al oído.

Él me miró sorprendido y se detuvo de golpe en plena acción. Luego se sentó anonadado, jadeando aún. Se acomodó su cabello rubio, me miró con cariño y me soltó:

—¡Corazón mío, no sabes las ganas que tengo, pero no es el momento!

—¿No es el momento cómo? Pero ¿qué dices? —le pregunté más sorprendida que él.

—Eres virgen, Eugenia, quiero que estés segura. No merezco ese honor, menos ahora. Es que…

—¿Qué pasa, Lorenzo? Ambos somos mayores de edad y a mí me apetece —le justifiqué.

—No puedo explicarlo ahora, Euge, pero no es el momento.

—¿Es que acaso no te gusto?

—Amor, no es eso, al contrario, me pones, y mucho. No sabes lo difícil que es esto para mí, pero creo que, por tu bien, no es el momento de hacerlo ahora.

Me vestí un poco avergonzada y le pedí que nos fuéramos.

Durante esa semana nos seguimos viendo, pero yo estaba con un escozor en mi corazón, no entendía por qué me había rechazado. No lo entendía.

La del velo blanco

El viernes siguiente, Laura me despertó con un almohadazo en la cabeza. Eran las nueve de la mañana y estaba parada a los pies de mi cama.

—¡Levántate! —me gritó a su estilo.

—¿Qué te pasa? —le dije mientras me tapaba la cara con las sábanas.

—¡¡Que nos vamos a Marruecos, tía!!

—¿Qué? —Me senté de un sopetón.

—¡Que Daniel se ha tenido que ir primero, tía, y me ha dicho que te invite porque vamos a quedarnos en un hostal chulísimo! ¡Acompáñame, por favor, Eugenia! ¡Por favor, por favor, por favor!

—Pero, Laura, me pillas de sorpresa, es que no sé qué decirte —respondí algo confundida.

—Tía, ¿de verdad te vas a perder un viaje así? ¡No tienes trabajo, ni universidad, ni amigos! —empezó a enumerar con los dedos—. Solo estás en esta casa dando tumbos contra la pared, y cuando mejor estás es con Lorenzo, cuando no trabaja, evidentemente. —Algo de ironía noté en su discurso—. Además, pasas mucho tiempo sola porque tiene unos horarios de mierda, ¿o me vas a decir que no tengo razón?

Me acordé de Lorenzo y del consejo que me dio aquel día del pícnic, pero sentía coraje hacia él, porque me había rechazado. Entonces salió a flote la inmadurez propia de la edad y mis emociones me nublaron la razón, pensé que sería la mejor forma de vengarme: irme por unos días con amigos, fuera del país y con Laura. Se lo merecía por todo el tiempo que él desaparecía y porque me seguía sintiendo mal por ese día. Quería que ahora él estuviera pendiente de mí.

—Bueno, Laura, quizás tengas razón y me haría bien despejarme algunos días. La verdad es que con Lorenzo estoy un poco molesta.

—¡Anda ya! —exclamó Laura—. ¿Pero qué ha pasado?

—Pues que la semana pasada, estábamos ya tú sabes, en el campo haciendo un pícnic. Y me pidió que fuera su novia, algo que me alegró mucho, y por supuesto que le dije que sí. Pero al final del día pasó algo raro, comenzamos a besarnos en plan apasionados… Yo quería hacer el amor porque me apetecía hacerlo con él, pero al final me soltó un rollo del tipo «¡no merezco tu virginidad!» y una historia que sigo sin entender. No sé, Laura, me sentí requetemal.

—¡No! Pero ese tío es un gilipollas, ¿cómo se resiste ante este pibonazo! —Y se lanzó sobre mí haciéndome cosquillas—. ¿Ves? Con mayor razón deberías venirte conmigo. ¡Venga ya, Eugenia! —Se sentó a mi lado y me abrazó—. ¿Sabes que eres como una hermana para mí? —Me soltó de pronto.

—Y tú lo eres para mí, Laura. Te quiero mucho.

—Yo también, chochona. Venga, no lo pienses tanto y prepara tu maleta, verás que a tu regreso todo se aclara y follarás como perra en celo.

—¡Laura! Por Dios, esas palabras. —No pude evitar reírme—. Pues no sé qué decirte. Mira, déjame hablarlo con mi abuela.

—Eugenia, por favor, ¿con tu abuela? Si se lo cuentas te dirá que no, obvio. No puedes contárselo, ¿entiendes? Que no.

Estaba realmente indecisa, una parte de mí quería ir, pensaba que tenía que disfrutar de la vida y aprovechar esos días para desconectar de Lorenzo, y también pensaba que no tendría otra oportunidad así en la vida para disfrutar de tantas cosas a la vez: viajes, amigos, playa, diversión, todo en unos pocos días. Además, quería compartir un tiempo con Laura, la verdad, llevábamos varias semanas sin vernos y con la cosa de que pasaba todo el tiempo con Daniel, pensé que sería un buen momento para nosotras.

No obstante, por otro lado, mi intuición me decía que no era buena idea, pero veía a Laura tan pero tan entusiasmada que me daba pena dejarla sola. Además, sabía que no se iba a rendir tan fácil, ella era de ideas fijas, y yo, más flexible.

Laura, mientras tanto, seguía dando vueltas por la habitación, hablando y hablando sin parar de todo lo que íbamos a hacer estando allí: que ella tenía unos ahorros de su último trabajo como camarera, que no necesitaba nada porque a Daniel le iba estupendamente y nos invitaría a casi todo, que siempre él pagaba, que no tenía que preocuparme por el dinero, que no podía ser tan mala y bla, bla, bla. Y cuando vio que sus argumentos respecto a su novio y al viaje no me convencían, se plantó de golpe y me habló en un tono amenazante: si no iba, ella se enojaría conmigo para siempre, porque no estaría siendo una buena amiga.

Finalmente, dije que sí, más bien por compromiso. Sabía que Laura no se enfadaría conmigo porque en el fondo ella no era así, tenía carácter y un temperamento muy fuerte, pero era del tipo de personas que se enojaba, pero a la media hora se le pasaba. No era rencorosa y era muy livianita de llevar. Yo, por el contrario, era mucho más densa, si alguien me hacía daño, me costaba perdonar. También a esa edad no tenía forjada mi verdadera personalidad, era muy tímida y no era capaz de proyectar lo que quería, me costaba decir que no, porque pensaba que podía herir a la otra persona. Sin embargo, hoy creo que todos debemos ser capaces de aprender a decir que no. Si yo me hubiese puesto firme, mi destino habría sido otro.

A veces la vida es un poco injusta, porque así como ocurren las cosas buenas, también se alinean los planetas para que pasen cosas malas, y lo digo porque en nuestro caso fue una serie de acontecimientos los que permitieron que nuestro viaje se hiciera. Por ejemplo, coincidió justo que mi abuela Victoria no estaba en casa, había ido junto a Carmenchu —que a esas alturas eran inseparables— al mercado que se ponía todos los viernes por la mañana, Eusebio estaba en el campo recogiendo espárragos y Lorenzo, para variar, no estaba. Supongo que hubiese sido más fácil si nuestras abuelas hubieran estado presentes aquel día, porque estoy segura de que se habrían opuesto, por muy mayores de edad que fuéramos. Pero no fue así.

Laura me ayudó a meter ropa en un pequeño bolso, echamos a lo rápido un bikini, un vaquero, un vestido, unas zapatillas, un par de bragas y sujetadores, algo de maquillaje, utensilios personales y un cepillo de dientes. Sacamos una pasta de dientes que tenía Carmenchu guardada en el baño y guardé un par de chanclas para la playa. Pero antes de salir, le dejé una nota a mi abuela Victoria sin que Laura se enterara:

> *Nina, vamos y volvemos. Laura me ha invitado a pasar unos días con ella a Marruecos. No te preocupes que estoy bien. Ha sido*

todo muy rápido, tú no estás, así que no pude avisarte con más tiempo. Llego dentro de cinco días. Avisa a Lorenzo, por favor, que me iré a pasar unos días fuera. Te extrañaré, no alcancé a decir nada, sabes lo nerviosa que es Laura.

Te amo.

Tu Eugenia

Partimos en un bus que tomamos en Sevilla rumbo a Algeciras. No paramos de charlar durante todo el camino: de nuestras familias, de política, de mapas, de Henri, de amores... Quién iba a pensar que esa sería nuestra última conversación tan distendidamente. Llegamos al puerto de Algeciras y nos subimos a un *ferry* que cruzaba de España a Tánger, y en menos de media hora ya estábamos en territorio africano. Laura me había dicho que Daniel nos esperaría a la salida del puerto. La entrada a Tánger no fue nada caótica, yo pensaba que no entendería nada, pero lo bueno es que la mayoría de los inspectores hablaban español. En el mismo barco, antes de pasar por la aduana fronteriza, nos quitaron el pasaporte para comprobar que nuestros datos estuvieran bien. Yo me inquieté un poco, pero al bajar del barco nos los devolvieron. Hasta ahí todo bien, salvo que cuando salimos del puerto no era Daniel quien nos estaba esperando, sino que en su lugar estaba el Koala con otro hombre, ambos me dieron muy mala espina.

Laura se quedó un poco perpleja, preguntó dónde estaba Daniel, y el Koala le contestó que tenía que arreglar unos asuntos en Marrakech y que nos encontraríamos allí dentro de algunas horas.

El Koala, al verme, se sorprendió y luego se acercó y me dijo en su típico tono burlesco:

—¡Vaya, vaya, vaya! Pero si hoy es mi día de suerte, qué preciosidad me cayó del cielo. ¿Te puedo dar un besito de bienvenida?

—Ni se te ocurra —le dije, mirándolo a los ojos—. Laura, quiero volver. ¡Yo con este no voy a ningún sitio! —Luego miré a Laura enojada—. ¡Me mentiste, siempre supiste que íbamos a irnos de vacaciones con él!

—Eugenia, mírame, por favor. Te prometo por mi abuela que no sabía nada —me respondió con tono de preocupación, y supe por su cara que no mentía.

—Se supone que estaría Daniel aquí. ¿Dónde está Daniel? —le preguntó Laura al Koala, enojada.

—¿Tu Daniel o nuestro Daniel? —Y miró a su compañero marroquí, que no hablaba nada—. Digamos que ha tenido un asuntito urgente que atender y no podrá venir —le respondió el Koala—. ¡Pero *pa* un calentón, igual te puedo servir yo!

—Ni muerta —le respondió Laura.

—Eso lo veremos —dijo él con tono amenazante.

—Vámonos, Eugenia —exclamó Laura desafiante—. No tenemos nada que hacer aquí.

Nos dimos media vuelta con intención de regresar al puerto, pero apenas nos giramos, los dos se pusieron delante de nosotras.

—¡Eh, eh, eh! Chochetes, ¿dónde creéis que vais? De aquí no se va nadie.

A punta de pistola nos metieron a una furgoneta tipo *van* y nos sentaron en el asiento de atrás. Gritamos como locas, pero no pudimos ni forcejear. Algunos transeúntes miraron, pero ninguno hizo nada, o no se atrevieron a hacer nada. Nos sentamos en silencio en la parte de atrás. Laura me tomó de la mano, tiritaba. Yo se la apreté intentando expresar calma. Me iba a susurrar algo al oído, pero justo el Koala la pilló y sin tapujos le puso un arma en la sien:

—¡Cállate, Laurita! No me hagas enojar, dame tu pasaporte.

Ella se lo dio sin chistar, estaba sin palabras y muy asustada. Luego me miró a mí y me dijo:

—¿Y tú, princesa? Igual que esta zorra.

Hice lo mismo, sabía que negarme sería peor. Más perturbada me puse cuando vi por la ventana que se acercaron al amigo grandullón dos muchachas más, una de aspecto centroamericano y otra rubia como el sol; esta última tenía pinta de ser del este de Europa, porque además no hablaba ni una gota de español. La rubia saludó al Koala muy animadamente antes de entrar a la *van*, como si lo conociera desde hacía mucho tiempo. La otra se veía más tímida. Apenas nos vieron dentro de la *van*, sus rostros se desfiguraron tanto como a nosotras al verlas a ellas. Un hombre de aspecto marroquí, muy moreno, con barba y vestido con una túnica blanca, fue el último en llegar, no estaba antes allí. Se subió, cerró la puerta, y partimos. Supe en ese instante que no había marcha atrás.

Algo muy feo estaba pasando y presentía que lo peor estaba por venir. Intenté preguntar a la muchacha latina algo, pero ella me respondió con una mirada que me lo dijo todo. No quise seguir insistiendo. Laura estaba perdida mirando por la ventana hacia fuera, no entendía nada. El Koala iba en el asiento de delante, junto al conductor, escuchando música a todo volumen, por lo que no podía comunicarme bien con ninguna de ellas.

El paisaje era árido y desértico. Íbamos por una carretera de una sola vía, todo era rústico y desabrido. Miraba por la ventana, incrédula aún por lo que estaba viviendo. Lo que estaba claro era que nos llevaban forzadas. No estaba segura de si se trataba de un secuestro o de una broma de mal gusto del Koala, pero toda la situación tenía muy mala pinta. Inevitablemente, comenzaron a pasar pasajes por mi cabeza, recordaba mis mañanas en Chile, cuando nada de esto pensé que viviría. Me acordé de mi abuela y de sus ricas comidas, y también me acordé de Henri ronroneando entre mis piernas, de Gabrielito y su melena de príncipe medieval y de mi papá. Me puse a llorar en silencio. Recorrimos muchos kilómetros hasta que cayó la noche, no sé cuántas horas pasaron realmente, solo estaba agotada de todo. Comencé a sentir hambre y sed. Miré a Laura, quien, de tanto llorar, se había dormido en mi hombro.

No estaba tan asustada en ese momento porque estaba segura de que pronto nos encontrarían. Con el pasar de las horas intentaba discernir qué mierda era todo esto. Era inevitable pensar que se trataba de un secuestro; sin embargo, no lograba entender por qué a nosotras, si no teníamos ni un duro, ni nuestras familias tampoco. Pensé que a lo mejor había sido por mí, quizás se habían enterado de que Lorenzo y yo éramos novios, y como era de una familia adinerada, el chantaje vendría por ahí. Pero luego desistí de esa idea, porque en verdad muy poca gente sabía que estábamos juntos y, en ese caso, lo hubiesen secuestrado a él o a alguien de su familia.

Paramos en un sitio eriazo para estirar las piernas y mear. Laura se despertó y me susurró al oído que aún no se creía lo que estaba pasando:

—¡Perdóname! —me decía—. ¡Perdóname!

Yo la tranquilizaba diciéndole que nada de esto era su culpa.

—Yo te metí en esto —se culpaba—. Te prometo que te sacaré —me susurraba—. Por mi vida, te sacaré.

Estiré un poco las piernas rodeando la *van*, era negra o azul marino y tenía la matrícula en árabe. Fue todo lo que pude observar. Memoricé la matrícula.

Mientras tanto, el Koala sacó de un bolso un bocadillo y un zumo, que nos repartió a cada una. Debo reconocer que nos supo a gloria. Subimos a la *van* y seguimos nuestro camino. De pronto, a lo lejos divisé unas luces de ciudad, me dio alegría porque en un momento me imaginé que tendríamos suerte y que nos pararía la Policía marroquí para un control rutinario, descubrirían que nos llevaban coaccionadas y darían la alarma a la Guardia Civil española —como hicieron con la chica desaparecida del pueblo— y mañana con suerte ya estaríamos de nuevo en casa, yo abrazando a Nina y Laura a sus padres. Pero luego recordé la nota que le había dejado a mi abuela, estaba claro que no nos empezarían a buscar hasta pasados unos días, pues para la Policía este viaje había sido organizado por nosotras mismas.

Sentí angustia. Ni siquiera tenía la más remota idea de dónde estábamos, y encima todos los carteles de la vía estaban en árabe. No me quedó otra opción que aceptar la realidad: era imposible que nos parasen porque no se veía ni un alma en la carretera.

Desde la autovía nos adentramos unos veinte minutos más hacia la ciudad. A lo lejos logré divisar un cartel en español, decía «Marrakech». ¡Estábamos en Marrakech! Creo que podría haber sido cerca de la medianoche cuando entramos a la ciudad, porque aún transitaban coches por las calles.

Aparcamos en un pasaje con muy mal aspecto, las casas no estaban bien construidas, hacía frío, pero no tanto como para usar una chaqueta. Nos metieron a una casa, afuera logré divisar que había dos tipos más cuidando la puerta, eran altos y llevaban una túnica en la cabeza. Me asusté porque cada uno tenía una ametralladora.

Todas estábamos nerviosas al bajarnos de la *van*. A empujones nos obligaron a entrar en una casa vieja, oscura y fea. Casi me desmayé cuando entré a la habitación que nos asignaron. Olía asquerosamente mal, entre meado y humedad. Las cuatro paredes y el suelo estaban rayados con dibujos, frases y palabras en distintos idiomas. Había tres catres con las camas a medio vestir, como si alguien hubiese dormido allí, y las sábanas apestaban a rancio. Nos hicieron desnudarnos para revisarnos, fue denigrante. Laura lloraba a moco tendido, yo estaba a punto de hacerlo también, pero me contuve, sabía que mostrarme débil ante esos psicópatas les provocaría más morbo. La rubia estaba más blanca que la nieve, pero se desnudó con completa naturalidad, como quien lo hace para meterse a la ducha. Sin embargo, la centroamericana fue la que más tardó, se notaba que estaba incómoda. El Koala preguntó que cuál de nosotras era virgen. De primera hora ninguna se atrevía a hablar, pero cuando nos mostró el arma todas levantamos la mano a la vez.

—¡A ver, hijas de puta, no me jodáis la vida! ¡Yo solo sé de una —me miró a mí— que es virgen de verdad! Las otras tres me estáis engañando, y al Koala no se le hace eso, ¡joder! Viviana —se acercó a la chica centroamericana— tiene un hijo por allá, en Costa Rica —nos explicaba como si estuviéramos en el colegio—, y Karinna —apuntó a la rusa con la pistola— ya sabe a lo que viene. Y tú, Laurita. ¡Ay, mi Laurita! Sé cómo Daniel te follaba a cuatro patas, así que no te hagas la mosca muerta.

Laura, que a esas alturas ya tenía hipo de tanto lloriquear, se tapó la cara con las dos manos como si estuviera condenada a muerte, ella sabía perfectamente que el Koala tenía información que podría usar en su contra. Y comenzó a gritar, como pensando que alguien nos podría escuchar y liberar. Creo que fue un acto reflejo de estrés y desesperación.

—¡Cállate, hija de la gran puta! ¿Quién crees que te va a escuchar? ¿Los vecinos? —Se reía jocoso—. Si sigues quejándote, serás carne de cañón, y no quiero, de verdad que no. Pero me obligas, ¿sabes? Me obligas. —Y se pegaba en la cabeza con la palma de la mano—. Te tengo algo de aprecio, Laurita. Por Dios, Laurita, no me hagas esto que conozco a tus padres.

Laura se calló del tirón. Entendió que nada podía hacer.

Nos comenzaron a medir nuestras partes íntimas con un metro, mientras el chófer anotaba en una libreta nuestros datos. Nos tocaban las tetas y el culo de forma grotesca, nos miraban como si fuéramos juguetes de entretención. El Koala se ensañó conmigo, me tocó una y otra vez todo lo que pudo, mientras me susurraba que se la ponía dura. Me puso contra la pared y comenzó a restregar su asqueroso pene contra mi culo. Yo sentía asco, mucho asco. Mis oídos se cerraron como si estuviese dentro de una película muda, no oía nada. Cerré los ojos pensando que venía lo peor, pero gracias a Dios no me penetró. Con el tiempo me enteré de que ganaría más dinero manteniéndome virgen. Me liberó y, en mi lugar, se llevó a otra de las chicas.

Viviana fue la primera. Aún puedo oír sus gritos desgarradores de dolor. Rabia y desesperación fue lo que sentí en ese momento, primero porque podría haber sido yo y segundo porque sentía impotencia de no poder ayudarla. La violaron el Koala y el chófer durante más de una hora seguida. Laura y yo estábamos en una cama, abrazadas, llorando. Ella se apretaba contra mí como cuando un bebé se cobija en los brazos de su madre.

—Yo soy la próxima, yo soy la próxima, yo soy la próxima, Eugenia. Tengo miedo —me susurraba.

—¡Shhh, Laura, silencio, no digas nada! —Y le daba cariño para consolarla.

Una vez que terminaron de satisfacer sus deseos carnales con Viviana, la arrojaron a la habitación, desnuda, como quien tira un perro a la calle, y cerraron nuevamente la puerta, pero esta vez con doble llave. Luego hubo silencio. Me levanté para auxiliarla, se quejaba. Viviana intentó erguirse como pudo y sin fuerza ninguna se dejó caer en la cama producto de la gravedad, exhausta, boca abajo. Solo lloraba y recitaba frases incoherentes en voz baja. Yo no sabía si trataba de decirme algo o simplemente estaba en estado de *shock*. Fui a abrazarla, pero no me dejó, con su brazo me apartó de golpe. Le tapé su frágil cuerpo desnudo con la sábana rancia que había y oré, oré por ella, por mí, por todas. Eso me reconfortó.

La segunda fue la rusa. Entraron los dos guardias que estaban afuera y le pasaron una bolsita con un polvo blanco, la abrió y vació su contenido sobre la mesita de noche, la ordenó en línea y se la jaló, luego se la llevaron al baño. Aquí no se escuchó nada. Pareciera que Karinna tenía más que asumido su destino. Cuando regresó, se tapó y se durmió. Ella era rara, tenía una mirada fría, como si nada de lo que pasaba allí le importara.

Al cabo de un rato, todo se calmó y pudimos descansar de toda esa tragedia. Al otro día me desperté desorientada, menos mal que a pesar de toda esa desgracia, había logrado dormirme profundamente, por lo que mi cuerpo pudo descansar algo después de horas y horas sentadas en el coche y, sobre todo, después del estrés vivido en nuestro primer día en cautividad.

Deseaba que todo hubiese sido una pesadilla, pero cuando me espabilé comencé a escuchar pasos afuera de la habitación y no me quedó más remedio que aterrizar de golpe a mi jodida realidad.

Entró el Koala y nos dijo a todas que había que levantarse porque teníamos que empezar a trabajar. Yo, honestamente, no entendía nada. Nos sirvió un repugnante vaso de leche fría y un paquete de galletas María para todas. Viviana apenas levantó cabeza, estaba descompuesta. Me acerqué y le dije que tenía que comer, que era importante que se repusiera por si teníamos que correr o escapar de ese sitio.

—¿Tú eres tonta? —me dijo—. ¿No ves que esto es una cárcel? Una vez que entras, no puedes salir. Nos van a prostituir, ¿entiendes?

Le dio un sorbo al vaso de leche, pero le provocó arcadas. La ayudé a vestirse y le metí las galletas en un bolsillo.

—Cómetelas —le ordené.

Me quedé desconcertada tratando de procesar lo que me había dicho Viviana, el pecho se me apretó y cerré los ojos. No había otra posibilidad, era un secuestro, pero no para pedir dinero a cambio, sino para prostituirnos. Me quedé sentada en la cama intentando procesar todo aquello, pero no quería inquietarme más de la cuenta, sabía que era mejor mantener la calma e idear un plan para escapar lo antes posible.

Al rato entró a la habitación el chófer con unos velos en la mano, nos pasó uno a cada una. El de mis compañeras era de colores, y el mío… el mío era blanco.

En los países árabes, la mayoría de las mujeres de religión musulmana deben llevar un velo en la cabeza desde que tienen la primera menstruación. Esa costumbre se llama hiyab. Si bien es cierto que nosotras no pertenecíamos a esa religión, lo teníamos que llevar de igual manera, porque según el Corán solo una mujer cubierta puede ser digna de tener una conversación con un hombre.

—El tuyo es blanco porque eres la única virgen de este grupo, ¿lo sabes o no? Eso te hace intocable —por fin habló, con un español casi perfecto, el chófer amigo del Koala.

—Ya estaba pensando que eras mudo —refuté sin pensarlo.

—No me toques los cojones, rubita, y ponte el pañuelo.

—A ti ni se te ocurra tocarme. —Lo miré desafiante—. Si no, se te jode el negocio, grandullón.

No sé por qué razón respondí eso, pero tenía la ira a flor de piel, más aún después de lo que le habían hecho a Viviana. Me di cuenta de que estaba sacando fuerzas que ni yo misma sabía que tenía. Sabía que mi condición de virgen me traería un poco de ventaja sobre las otras, pero tampoco me aseguraba un final feliz. Eso estaba claro.

—¡No te pongas chulita conmigo, princesa, mira que la virginidad se te jode en una noche! —Me chasqueó los dedos.

—Perdona —le dije—. No volverá a pasar.

El chófer tenía razón, debía ser inteligente, mi condición de virgen aseguraba mi integridad física por lo menos por algunos días más, pero no sabía exactamente cuánto tiempo más, ni tampoco estaba segura de qué harían conmigo, solo era consciente de que eso me mantendría a salvo de las violaciones.

Me puse el velo y me miré en un espejo roto que había en la habitación. Respiré hondo y ayudé a Laura a ponerse el suyo.

—¿Crees que saldremos de aquí, Eugenia? —me preguntó en voz bajita.

—No lo sé, Laura, solo sé que tenemos que permanecer juntas el mayor tiempo que podamos, ¿me escuchaste?

—Eugenia, me van a violar. —Y se le pusieron los ojos llorosos.

La miré y la abracé a modo de consuelo, no pude mentirle, sabía que tarde o temprano eso iba a suceder.

Salimos de la casa con rumbo desconocido, el sol irradiaba una luz más potente de lo normal, como si quisiera darnos algunos rayos de alegría. Nos subimos a la *van* en silencio y, una vez todas sentadas, comenzamos a avanzar por unas calles principales, para luego llegar a lo que parecía ser el centro de la ciudad. Avanzamos unos once kilómetros más o menos, no sé si hacia el norte o el sur, al este o al oeste; la verdad es que estaba completamente desorientada. Al rato, el coche se desvió de la carretera y aparcó en una especie de restaurante en medio de la nada.

El Koala nos hizo bajar a todas, nos obligó a avanzar en fila india. Al entrar en aquel lugar, la primera sensación fue de estar en un bar, un bar que apestaba a rancio, por cierto. Había un olor mezclado entre humo de cigarro y humedad, como si el lugar nunca se hubiese ventilado. Una larga barra de copas atravesaba casi el espacio y, detrás, una estantería iluminada con luces azules y rojas invitaba a beber toda clase de bebidas alcohólicas. En el centro, un pequeño escenario rodeado de mesas con asientos y, en medio del escenario, un caño para hacer *streaptease*. La verdad es que tenía pinta de ser un puticlub. Además, en Marruecos está prohibido el alcohol por la religión que profesan, por lo que no tenía dudas de que eso era un local clandestino.

Desde el fondo del club salió un tipo gordo con un cigarro en la boca, tendría unos cincuenta años aproximadamente. Se colocó frente a nosotras, nos miró y mencionó algo en árabe al Koala, a lo que este respondió en un árabe perfecto. Luego apareció otro hombre, este era mucho más joven que el gordo y vestía traje azul marino, una camisa negra debajo y unos zapatos negros extremadamente lustrados.

—Hola, Hafid —lo saludó el Koala muy animadamente—. Te dejo a estas dos.

El Koala empujó a Laura y Viviana al mismo tiempo.

—¿Qué? ¿Pero qué te pasa, hijo de la gran puta? —le gritó Laura—. ¿Cómo es posible que me hagas esto?

Sin embargo, sobre la marcha, Laura recapacitó y fue consciente de que con insultos sería peor. Reculó y empezó a suplicar.

—¡No, por favor! ¡Por favor, Carlos, por favor! ¡No me separes de Eugenia, por favor!

El chófer, sin decir palabra alguna, como era su costumbre, le pegó una bofetada tan brutal que Laura cayó al suelo.

Yo lo miré enfurecida y fui hacia ella corriendo. Me abrazó fuerte y me susurró:

—¡Es el final! —me decía—. No me dejes aquí, Eugenia, por favor… —me repetía Laura, ya rendida del todo.

El Koala me apartó de Laura y me puso de nuevo en la hilera, como si fuéramos muñecas de exhibición. De pronto, Hafid, el hombre joven de traje azul, miró al Koala y le dijo en un español un poco forzado:

—¡Esta me encanta! Yo quiero a esa también, a esa, la del velo blanco.

El Koala se acercó a mí y esbozó una sonrisa maliciosa.

—Esta belleza ya la tengo vendida, Hafid. ¿Sabes a quién? A Kalim, que me ha pedido una virgen y aquí está. Si la quieres, me tendrás que pagar el doble de lo que ofrece Kalim.

Me hizo una caricia en el rostro como agradeciendo mi existencia. Luego ambos se fueron a una oficina que estaba en el interior del *pub*, supongo que a negociar. Cuando regresaron, el Koala me dijo:

—¡Sabía que me traerías buenos dividendos, rubita, pero no pensé que tanto! Lástima que por ahora no serás mía. Pero estos siete mil eurazos sí…

Se marchó y nos dejó a todas ahí, en manos de ese tal Hafid. No pude contener mi rabia y antes de que cruzara la puerta, le grité:

—¿Por qué haces esto, Carlos? Nos conoces, conoces a la familia de Laura, ¿sabes que si salimos de esta te vamos a denunciar?

Él se detuvo, se dio la vuelta y me respondió:

—Mira, rubita —carraspeó—, tus palabras no me conmueven en absoluto. Eres muy bella, es verdad, y quizás tengas un buen futuro por delante, pero llegaste a mí como un regalo enviado por Dios o por Alá, y son oportunidades que hay que aprovechar. Es mi negocio, tú, ella, esta, todas sois mi negocio. Más te vale obedecer y quedarte calladita, que te ves más bonita aún. No llegarás a denunciarme nunca, ¿sabes por qué? Porque nunca saldrás de aquí.

—Eso lo veremos —lo desafié.

La telaraña

El Koala pertenecía a una red de trata de blancas superorganizada, era una especie de intermediario entre el proxeneta y el reclutador. Básicamente, participaba en la fase del transporte de las víctimas hacia y entre los lugares de explotación. A veces, también reclutaba mujeres de color, pero era conocido en Marruecos y en España por ser experto en atraer a mujeres blancas. En África, las mujeres blancas por los años noventa eran sumamente cotizadas, porque la mayoría de la población era negra o con rasgos oscuros. Por eso a este tipo de delito se le comenzó a llamar «trata de blancas». La misión del Koala terminaba una vez que las entregaba de forma personal al propietario o gerente de los locales y/o al proxeneta. El chófer y todos los que participaban activamente en la banda tenían un rol, era un trabajo como cualquier otro.

En esta operación, el Koala iba a ganador, llevaba a cuatro chicas blancas, y una de ellas encima era virgen. La misión que tenía una vez que reclutaba a las mujeres era venderlas a los dueños de puticlubs, quienes no dudaban en ejercer fuerza o violencia física o psíquica para obligarlas a prostituirse en contra de su voluntad, delito de coacción.

Daniel ayudaba al Koala solamente en España, hacía el papel del novio. En algunos países a esta técnica, la del joven que enamora a una chica para hacerla prostituta, se le denomina *lover boy*. Entonces, podríamos decir que Daniel era el *lover boy* de Laura. Se llevaba una comisión bastante interesante por cada chica que lograba seducir. Laura fue solo el anzuelo, porque el objetivo del Koala y de Daniel desde el principio siempre fui yo. Cumplía con todos los prototipos, era extranjera, rubia, muy guapa, tímida, sumisa y vivía con una señora mayor que poco podía defender a su nieta. Su plan se vio amenazado cuando comencé a salir con Lorenzo. Sobre la marcha cambiaron su estrategia y tomaron la decisión de que Daniel conquistara a Laura en vez de mí. Sabían que, a través de ella, podían llegar a mí. Luego la convencieron para que me invitara al viaje, sabían que lo haría. Cuando acepté, fue como si hubiesen ganado un boleto de la lotería, porque Laura le había comentado a Daniel que yo aún era virgen. Honestamente, era difícil encontrar mujeres vírgenes a mi edad, y ellos no eran de traficar con niñas menores de edad; dentro de todo lo malo, algo bueno hacían. Por lo menos la red en la que ellos trabajaban era de prostitución, y no de pedófilos.

Las mujeres vírgenes en esa época las pagaban mucho mejor por dos razones: la primera, por el simple hecho de tener la primicia, y la segunda, porque muchos de esos hombres tenían miedo a contraer enfermedades de transmisión sexual con prostitutas experimentadas. Recordemos que en los años noventa en España, el VIH comenzó a expandirse muy rápido y resultó ser una enfermedad muy dura por la falta de información y por el rechazo que provocaba socialmente entre las personas, al tratarse de un virus prácticamente letal. No había medicación ninguna y, por lo tanto, existía mucho temor de contraerlo, sobre todo en el colectivo gay.

Laura no tuvo la culpa, fue utilizada al igual que yo y al igual que miles de chicas que son víctimas de la trata de mujeres en el mundo. Es un negocio que mueve millones de euros en Europa, y los proxenetas lo saben. Por lo tanto, no hay escrúpulos que valgan, la historia está clara: sin prostitución, no hay dinero. Si no generase dinero, la explotación sexual no existiría.

Durante años me sentí culpable por todo lo que viví, pero hace poco pude comprender que ninguna de las dos era la responsable de aquello que nos pasó, simplemente sucedió, éramos muy jóvenes y no supimos ver las señales a tiempo. Fue la mala fortuna de cruzarnos en esa feria con las personas equivocadas, combinada con la inmadurez propia de la edad.

Lo que no entendía era qué pintaba Lorenzo en toda esta historia: ¿qué hacía allí con ese par de idiotas ese día? Eran interrogantes que no lograba responder.

A medida que pasaban los días, comencé a observar quién era quién dentro de la organización, a hilar cabos sueltos. Comencé a agudizar mi oído, aprendí algunas palabras en árabe que escuchaba cuando hablaban por los pasillos, a calcular los horarios, a diferenciar los pasos: clientes o miembros de la banda. Sabía quién me traía la comida y los turnos rotativos del personal del puticlub.

Los primeros días escuchaba a Laura llorar cada vez que tenía que atender a un cliente y se me partía el corazón por no poder hacer nada. Con el pasar del tiempo, ya no se quejó más y solo sentía los jadeos de placer de quienes se la follaban y el golpecito constante del catre pegando contra mi pared. Supongo que estaría resignada.

A mí no me violaban ni me forzaban a recibir clientes como a mis compañeras, quizás porque era la virgen del grupo y estaban esperando el momento para hacer la pugna y entregarme al mejor postor. Sin embargo, estaba enclaustrada en una pequeña habitación sin poder salir.

Una vez que nos dejaron a todas en el prostíbulo, el Koala y su «equipo de trabajo» se retiraron. A cada una nos asignaron una habitación en el segundo piso, yo agradecí que no me hubieran separado de Laura, al menos sabiendo que estaba con ella, el cautiverio sería más llevadero.

Una mañana, la muchacha que venía a dejarme el desayuno, por alguna razón, dejó la puerta sin seguro, por lo que logré colarme a la habitación contigua donde sabía que podría estar Laura.

Cuando la vi, casi me desmayé. Estaba demacrada, delgada y pálida, ella era delgada por naturaleza, pero allí estaba anoréxica. No comía lo suficiente y estaba obligada a recibir clientes, por lo menos, cinco o seis veces al día. Se notaba que ya estaba rendida, agotada, sin fuerzas. Apenas me vio, me abrazó y se echó a llorar, decía que eso era un infierno, que incluso el gordo, el ayudante de Hafid, se ensañaba constantemente con ella, que prefería morir antes de seguir así.

—¡Ayúdame! —me decía—. ¡Ayúdame a morir, por favor, Eugenia!

Yo lloraba junto a ella, sentía un dolor en mi corazón que no puedo explicar. Le dije que debía comer, que estaba segura de que íbamos a salir de allí y que, cuando eso ocurriera, tenía que estar repuesta y fuerte. Pero tenía la mirada ida, como si mis palabras no llegasen a convencerla del todo.

—¡No te rindas, Laura, por favor! —le insistí—. Tenemos que volver a casa.

—No lo haré, Eugenia, te lo prometo.

Me quité la gargantilla que me había regalado mi padre para el día de mi cumpleaños y se la puse.

—Esto es para que sepas que siempre estaré contigo. Te quiero —le susurré.

Ella me sonrió.

Volví rápidamente a mi cuarto porque sentí unos pasos subiendo la escalera. Le dije a Laura que tendríamos una forma de comunicarnos, por golpecitos en la pared. Si estaba triste, me tenía que dar dos golpes, y yo respondería con otros dos más. La palabra *sí* era un golpe, y la palabra *no* eran tres golpes cortitos y rápidos. Fue una buena idea, porque a medida que pasaban los días, logramos tener una cierta comunicación, eso nos daba ánimo.

Me acordaba mucho de mi abuela, podía presentir su dolor. Creo que llevábamos más de diez días desaparecidas. Intentaba contar las horas y los días para no perder la cordura, ya que pasaba las veinticuatro horas encerrada en una habitación muy pequeña. La rutina era igual, por la mañana venía una mujer de mediana estatura, con un burka color celeste o negro —dependiendo del día—, me dejaba las bandejas con comida y no hablaba ni una gota de español. El desayuno casi siempre era el mismo, alguna que otra pieza de fruta con un trozo de pan y un té; el almuerzo, algo de pescado o carne de pollo, ensalada o arroz, y por la tarde, algún bocadillo con un zumo. La habitación tenía una pequeña camita con un cubrecama color rojo, un tocador con un espejo, un baño con unas cerámicas color beis y una pequeña ventana que daba al patio trasero del prostíbulo. Por las mañanas entraba algo de luz solar, pero no era suficiente para poder tomar sol.

Oraba a todas horas, era mi manera de resistir, porque sabía que esa aparente calma pronto desaparecería. Me preguntaba por qué no me prostituían como lo estaban haciendo con las otras chicas, supuse que estarían buscando a un cliente que quisiera pagar la primicia de desvirgarme.

Quería retroceder el tiempo y haber tenido el coraje de decirle a Laura que no cuando me propuso este viaje, pero también pensaba que si hubiese sido así, ella estaría viviendo todo este martirio sola. Me consolaba saber que por lo menos habíamos estado juntas en todo esto y, aunque nos separaba una pared, seguía estando allí para ella.

Doble cara

Muchas horas del día las ocupaba pensando en mi Lorenzo y en memorizar la matrícula de la *van* para que no se me olvidara. Me imaginaba que el pobre no entendería nada y poco podía hacer. No había día en que no lo extrañara, tenía en mi memoria aquel día de campo que pasamos juntos, el día que lo conocí, todas las veces que salimos, la canción que me había dedicado, el día que discutimos y el viaje que haríamos una vez que todo esto terminara, si es que terminaba algún día. Pensar en eso me mantenía viva y fuerte. Con él pasé los mejores momentos de mi vida, sin duda. Quería verlo, llamarlo y contarle todo lo que estaba pasando. ¿Qué sería de él?

Mientras tanto, en España, Lorenzo figuraba en una reunión en la Oficina Central Nacional de la Interpol en Madrid. Él y su equipo llevaban años investigando a la banda del Koala con la intención de esclarecer la telaraña que el sevillano tenía montada. ¿Lorenzo? ¿Lorenzo en Madrid? ¿Quién era realmente Lorenzo?

Resultó ser que Lorenzo no era el chico a cargo de las exportaciones del negocio familiar, como él me había confesado cuando estuvimos juntos, sino que era un alto miembro de la Organización de Policía Criminal Internacional, es decir, de la mismísima Interpol. Él era, ni más ni menos, uno de los oficiales al cargo del Departamento de Delitos de Trata de Personas en Europa y África. Por supuesto, de esto me enteré tiempo después.

Lorenzo, a fin de cuentas, era un policía encubierto, hablaba tres idiomas, inglés, francés y español, y era uno de los mejores en su rubro. Trabajaba en Madrid desde hacía cinco años. Comenzó a estudiar de jovencillo, de pequeño tenía clara su vocación, quería ser policía. Estudió Criminología como primera carrera y luego ingresó a la Interpol, donde fue ascendiendo hasta hacerse cargo del Departamento de Delitos de Tráfico de Personas y Trata de Blancas. De su entorno, solo su familia sabía a lo que se dedicaba realmente, por razones obvias. El resto del pueblo —y me incluyo— pensaba que era uno de los gerentes a cargo de los negocios internacionales de su familia, eso justificaba sus innumerables viajes y esos horarios tan complejos que yo muchas veces no lograba entender. Eso explicaba también que ese día de la feria hubiera estado con el Koala y con Daniel. También explicaba sus largos días fuera del pueblo y sus raras desapariciones sin explicaciones.

Lorenzo estaba en conocimiento de la existencia de una importante red de tráfico de mujeres en Sevilla. Llevaba años investigando el *modus operandi,* pero necesitaba pruebas contundentes para su detención. Necesitaba pillarlos in fraganti o, de forma más coloquial, con las manos en la masa. Su objetivo era capturarlos, estaba obsesionado con ello. Cuando comenzó a seguir pistas, se dio cuenta de que la banda operaba principalmente en Sevilla y que Daniel, coincidentemente, era de su mismo pueblo. Fue ahí cuando decidió inventarse alguna excusa para acercarse a esta gente de civil. Comenzó a ir más seguido a Florenzal, su pueblo natal, con la intención de recabar información y seguir los pasos del cabecilla de la banda. El día de la feria, pidió a algunos conocidos del mismo pueblo que le presentaran a Daniel, con la excusa de estar interesado en un coche deportivo, ya que Daniel, aparte de reclutar muchachas, trabajaba para un amigo suyo que tenía un taller mecánico y, a su vez, un negocio de compraventa de coches de alta gama.

Para Lorenzo el día de la feria fue la gran oportunidad que tuvo de conocer al Koala en persona, el lugar era propicio: gente, alcohol y fiesta. Ellos no se iban a poner quisquillosos en un ambiente así. Además, sabían que Lorenzo tenía pasta (dinero) y, por supuesto, no iban a dejar pasar un negocio de miles de euros.

Lorenzo había investigado que una de las formas que tenía esta banda de reclutar muchachas jóvenes era, precisamente, en las fiestas o *pubs*, lugares en donde ellas eran más vulnerables y receptivas porque llevaban varias copas de alcohol de más. Ellos trabajaban de la siguiente manera: iban a un bar como lo haría cualquier muchacho de su edad, intentaban acercarse en plan graciosos a un grupo de chicas y, si podían, aprovechaban la ocasión para ligar con ellas. Les hacían preguntas como cuando estás conociendo a alguien, para luego ficharlas. Al tiempo quedaban con ellas y se aseguraban de que cumplieran con un perfil: bonitas, vulnerables económicamente y ojalá extranjeras. Solían visitar sitios latinos, donde, según ellos, había presas más asequibles, no porque las mujeres latinas fuesen más fáciles a la hora de conquistar, sino porque eran más vulnerables y muchas habían emigrado a España con la finalidad de buscar un mejor bienestar.

Daniel era el que tenía más suerte a la hora de ligar porque era muy atractivo y tenía pinta de ser buena gente. Una vez que elegía a su posible víctima, comenzaba su plan de conquista hasta organizar un supuesto viaje romántico a Marrakech. Una vez las muchachas llegaban al puerto de Tánger, daba por finalizado su trabajo y se llevaban entre cuatrocientos y seiscientos euros por cada una.

También muchas eran engañadas. Si a ninguno le gustaba como para pasar el rato, les ofrecían un trabajo estable en Marruecos o incluso dentro de España, supuestamente para un puesto de niñera o de camarera, como había sido el caso de Viviana, que luego me enteré de que la habían conocido mediante una amiga en común de una «novia» de Daniel en Sevilla capital. Viviana les contó toda su historia y ellos se ofrecieron a ayudarla a encontrar un trabajo.

Además, la mayoría de las latinoamericanas contaban con pasaporte vigente, lo que facilitaba la salida de España y, por supuesto, era menos costoso para la banda.

Marruecos era la puerta de entrada a África, por ahí pasaba todo tipo de mercancía, desde droga hasta prostitutas que venían del norte de Europa. Por las manos del Koala habían pasado, en los últimos dos años, cerca de ciento cincuenta chicas.

El mejor postor

Un día, lamentablemente ya no recordaba qué día, entró Hafid a mi habitación. Siempre vestía con un traje de vestir azul marino, azul petróleo u, otras veces, negro, una camisa blanca metida dentro del pantalón, un cinturón que combinaba con el color de sus zapatos y sin corbata. En el cuello llevaba dos gargantillas de oro y en su mano derecha usaba distintos tipos de relojes; por la marca de reloj que vi ese día, juraría que sería de esos caros, muy caros.

No lo había visto desde el día en que el Koala nos dejó en ese prostíbulo. El hombre hablaba algo de español, pero tenía un acento muy raro. Me dejó sobre la cama una bolsa en cuyo interior contenía lencería que, para mi gusto, era extremadamente *sexy*. Se trataba de un sujetador negro de encaje y unas bragas ajustadas transparentes. Me dijo que me lo pusiera, porque más tarde vendría alguien a tomarme unas fotografías. Le pregunté por qué tenía que vestirme así, y me contestó que había encontrado el público ideal para comenzar con la subasta de mi virginidad. Luego cerró la puerta de golpe y se fue.

Me quedé atónita, supe en ese momento que mi exclusividad se terminaría en breve y prontamente empezaría mi calvario. Me había estado preparando mentalmente para ese momento, pero por más que intentaba asumirlo no me cabía en la cabeza que fuera yo la próxima mujer en ser violada. Tenía la esperanza de que alguien me rescatara, antes de llegar a un punto sin retorno.

Me recosté en la cama, rendida, y me puse en posición fetal. No podía contener las lágrimas, no era capaz de entender que Dios permitiera que sucedieran cosas tan horribles en el mundo, pensaba que ahora era cuando debería ejercer todo su poder sobrenatural para bajar a la tierra y rescatarnos de una puta vez, a Laura, a mí y a todas las mujeres que estaban sufriendo este tipo de torturas, y peor aún, debería rescatar a esos pobres niños que en algún lugar estarían ejerciendo la prostitución en contra de su voluntad. Le recriminé por su ineficiencia y poca empatía y, por primera vez, dudé de su existencia. Lloraba de impotencia, de pena, me sentía miserable, indefensa, desnuda, perdida. Una sensación de derrota me recorría todo el cuerpo, sentía que me faltaba el aire y tuve ganas de vomitar. Me levanté para ver si se me pasaban, respiré hondo y después de un rato me duché, resignada a mi destino.

Me vestí, bueno, lo que se podría decir «vestir», porque estaba semidesnuda. Me puse el conjunto negro de encaje, me miré al espejo y bajé la cabeza avergonzada de mí misma. Alguien golpeó la puerta. Me cubrí con una toalla para que no me pillara así, aunque daba lo mismo, porque seguro que era el fotógrafo, quien me vería casi desnuda de todas maneras. Al abrir la puerta me encontré con un muchacho de unos treinta y tantos años, de piel oscura y barba prominente. Era marroquí, lo supe por sus rasgos. Al mirarlo a simple vista, se veía buena persona. Le pregunté un par de cosas en español y me contestó de buena manera, pero muy cortante, por lo que supe que entendía bien mi idioma y que no quería mucha charla. Nada más entrar me dijo que me pusiera sobre la cama para hacerme fotos, que ojalá hiciera algunas poses naturales pero insinuantes. Me senté sobre la cama y crucé la pierna, intenté sonreír, pero no podía. Comenzó a fotografiarme sin parar, los *flashes* me hacían daño a los ojos, lo que me provocaba que los cerrara a cada rato. Él, con mucha paciencia, esperaba a que me repusiera o cambiara de postura. Tenía un aura distinta, muy distinta a todos los personajes con los que me había topado desde que pisé Marruecos. Yo, desde luego, estaba plana, insípida y sin ganas. Después de unos diez minutos de varias fotografías en distintos puntos de la habitación, me soltó lo siguiente:

—Es mejor que cooperes, por tu bien lo digo.

Lo miré profundamente, con miedo e inseguridad, y agaché la cabeza. Lo volví a mirar y esta vez clavé mis ojos en los suyos, tragué saliva y le exclamé:

—¡Ayúdame, por favor, por favor! Eres mi única oportunidad.

Y me tiré a sus pies suplicándole. El muchacho se quedó perplejo, no esperaba esa reacción de mi parte.

—Solo te pido que hagas una sola cosa por mí, por favor: busca a la policía. Me llamo Eugenia Casares Novak, soy chilena española y me tienen secuestrada, a mí y a todas las chicas de este lugar.

—Yo no puedo hacer nada —me contestó escueto.

—Sí puedes, claro que puedes. Si no lo haces, Dios o Alá o como se llame te castigará… ¿No entiendes que nos maltratan? —seguí diciéndole convencida—. Mi vida está en tus manos, ayúdame, por favor —le suplicaba, y le besaba los pies—. Dales este número de matrícula, por favor…

Me callé de momento cuando noté una expresión de preocupación en su cara. Me hizo un gesto raro con la mirada, como si intentara decirme algo, luego me tomó bruscamente de los brazos y me movió de sitio haciendo un ademán como si fuera a golpearme. Me tapé con las manos la cabeza, pero en lugar de darme un golpe, me susurró al oído diciéndome que tenía una cámara.

—¡Ahora te sientas! —me ordenó alzando la voz.

Capté que estaba intentando hacer el paripé, seguramente para disimular que me había dicho lo de la cámara. Me quedé en silencio intentando procesar esa información, no podía creer que esos desgraciados miraran todo lo que hacía. Eso atentaba contra todo derecho humano, pero, bueno, ya nada me asombraba a esas alturas.

—Vale —le respondí.

—Se me ha quedado una lente de la cámara. Voy por él y vuelvo. —Me extrañó esa actitud, en mi corazón sabía que algo había calado en él.

Cuando regresó, cambió la lente y comenzó a mover la cámara de fotos, me propuso hacer diferentes tomas y a redirigirme. Yo comencé a cooperar con ciertas poses que no dejaban de ser incómodas para mí, pero le seguí el rollo. Luego, a punto de terminar la sesión, me dijo que haríamos unas cuantas en la ducha. Yo lo miré extrañada, pero entendí que lo dijo por algo. Me hizo encender la ducha y él se puso de frente, tomó algunas fotos para luego hacerme un gesto con la mano y me dejó un papel debajo de una papelera que había en el pequeño cuarto de baño. Me pasó un bolígrafo y me hizo escribir mi nombre y la matrícula del vehículo de la camioneta en otro papel.

Una especie de alivio recorrió mi cuerpo. Se despidió. Cuando cerró la puerta, me fui directamente a por el mensaje, el cual decía: «En el baño no te ven. Tu foto la enviaré a la Policía española y daré la dirección del local. Espero, con esto, no recibir el castigo divino que me has dicho». Me puse a llorar de alegría, agradecí a Dios y le pedí perdón por haber dudado de él.

Hafid quería las fotos porque dentro de dos días empezaría la subasta de mujeres vírgenes a través de una página web oscura, de estas muy elaboradas y a las que solo se puede entrar con una contraseña que se consigue a través de un contacto exclusivo. Vaya, una telaraña de contactos y secretismo que ellos mismos habían creado durante años. Contaban con una superbase de datos de personas influyentes que consumían este tipo de servicios sexuales. El perfil del cliente más común eran personalidades famosas, excéntricos, pedófilos, multimillonarios, millonarios e, incluso, mujeres con gustos excéntricos. Gente con dinero capaz de pagar lo que sea por saciar sus fetiches sexuales, personas sin escrúpulos y egoístas que solo son capaces de satisfacer sus propios intereses sin pensar en el sufrimiento ajeno. En esa plataforma subían las fotos de las mujeres con una pequeña descripción de nuestro físico, la edad y un mensaje erótico del tipo: «Virgen con ganas de follar», «¿Quieres un coño virgen?», «Nunca antes tocada», etc.

Mientras tanto, en España, Lorenzo estaba cerca, muy cerca de encontrarnos. Después de nuestra desaparición, Nina, Carmenchu y la familia de Laura dieron aviso a la Policía, porque no tenían noticias de nuestro paradero. Habían pasado ya casi veinte días, y yo le había dicho a mi Nina que llegaríamos dentro de cinco. A mi abuela le pareció raro que ni siquiera hubiésemos llamado por teléfono a la casa de Carmenchu, me conocía y sabía que yo no actuaba así, que era una chica responsable y que solía avisar siempre cada vez que llegaba a un lugar para decirle que estaba bien. Como este no fue el caso, intuía que algo no iba bien. Era extraño que después de veinte días ninguna de las dos apareciera. La angustia y desesperación en las que estaba inmersa la familia forzaron a que la Policía comenzará con el protocolo de actuación de las fuerzas y cuerpos de seguridad con el fin de aunar conceptos y comenzar a barajar opciones y mecanismos para dar con nuestra ubicación o con nuestro cuerpo, en el caso de que hubiese sido asesinato. El pueblo entero estaba conmocionado, primero porque mucha gente conocía a Carmenchu y a la familia de Laura, luego porque éramos dos muchachas relativamente conocidas, jóvenes y por la gravedad de los hechos. Comenzamos a salir en los periódicos del pueblo y en la televisión local de Sevilla. La gente se volcó en nuestra búsqueda, como si se tratara de un desafío colectivo.

Las elegidas

Apenas se activó la búsqueda, Lorenzo fue a hablar con mi Nina y Carmenchu, les hizo muchas preguntas de todo tipo. Mi abuela se mostró dudosa, pero luego accedió. No entendía qué pintaba Lorenzo ahí, asumió que estaría preocupado porque yo era su novia o algo así, pero lo que nunca se imaginó era que él estaba a cargo del caso. Le mostró la nota que yo le había dejado antes de irme con Laura.

Al ver la nota, Lorenzo se tomó la cabeza con las dos manos y exclamó:

—Te dije que no fueras, Eugenia, te lo dije…

—¿Qué está pasando, Lorenzo? —le preguntó mi abuela, más bien seria.

—Victoria, es probable que las chicas estén secuestradas. Atenta al teléfono por si llaman o algo.

—¡Dios mío, Dios mío! —comenzó a chillar mi Nina.

—Tienes que estar tranquila, haré todo lo posible por rescatarlas. Confía en mí.

Lorenzo sospechaba que habíamos sido las elegidas por la banda, pero no se imaginó que serían capaces de secuestrarnos por la cierta cercanía que el Koala tenía con Laura y porque Daniel era del mismo pueblo. ¿Falló como policía por confiar en que no nos harían daño o simplemente él tenía información confidencial de las posibles víctimas que la red del Koala tenía en carpeta para reclutar? ¿Fue su ímpetu por desatar la banda y quedar bien ante toda España más fuerte que nuestro amor?

En cualquier caso, Lorenzo tenía sospechas, pero dejó que todo pasara, permitió que los acontecimientos siguieran su curso, sin mediar, sin interponerse ni ponernos sobre aviso, sin consideración ninguna del «supuesto amor» que decía que me tenía. Actuó como un mero espectador, como un cabrón, como un calculador y como un maldito hijo de la gran puta.

Lorenzo hizo una jugada maestra en el plano investigativo, se involucró personalmente y, como un buen policía, se coló en el meollo del asunto. Por una parte, tenía información de la banda y, por otro lado, conocía a las víctimas. ¿Había valorado el riesgo y las consecuencias de su actuar? Pienso que no, que su falta de experiencia también le jugó una mala pasada.

A esas alturas sabía que estábamos en Marruecos, lo que no tenía claro era en qué parte exactamente. La Policía marroquí estaba al tanto de nuestra desaparición gracias a una red mundial de comunicación policial conocida con el nombre de I-24/7, la cual estaba dotada de una alta tecnología que permitía a las fuerzas policiales, incluso en la actualidad, enviar información de forma segura a través de mensajes encriptados. Comprobó que nuestra desaparición figurase en las bases de datos marroquíes y comenzó a dar instrucciones a su equipo para atrapar a cada uno de los integrantes.

No obstante, Lorenzo estaba confundido, por dentro hervía de rabia por no advertirme antes, pero tampoco podía contarme de esa operación porque sabía que yo se lo contaría todo a Laura, ella a Daniel y, por supuesto, este al Koala, peligrando que todos los años de trabajo e investigación se tiraran a la basura en un dos por tres. Sin embargo, aunque Lorenzo hubiera puesto su trabajo por encima de lo que nosotros teníamos, no logró controlar sus sentimientos con total profesionalidad porque apenas se enteró de que yo me había ido con Laura a Marruecos, empezó a seguir a Daniel día y noche, sin dormir. Necesitaba pistas de nuestro paradero y comenzó una lucha desesperada por encontrarme.

A Lorenzo le comenzó a doler, sí, a doler en el alma mi desaparición. Se sentía culpable, miserable y vacío, porque en el fondo se había enamorado. Comenzó a saltarse algunos procedimientos, y sin darse cuenta, sus impulsos fueron creciendo hasta llegar a actuar por su propia cuenta. Lo primero que hizo fue encañonar a Daniel para que le confesara dónde estábamos. Este, por supuesto, en un principio lo tomó por tonto, pero Lorenzo lo comenzó a golpear brutalmente. Daniel intentó defenderse, pero fue en vano, la furia de Lorenzo era incontrolable. Seguía sin decir ni mu, pero Lorenzo lo amenazó con una pistola, le dijo que si no hablaba le metería un tiro en la cabeza y que él sabía que tenía antecedentes penales por impostor, por lo que sería su palabra contra la suya, así que era mejor que comenzara a hablar.

Por otro lado, la policía había detenido al Koala como principal sospechoso, lo estaban interrogando. Sin embargo, este sabía perfectamente cómo actuar y no dijo nada, absolutamente nada sin antes hablar con un abogado. Daniel, por el contrario, quien era mucho más vulnerable, después de la paliza que le dio Lorenzo no dudó en confesar el secuestro de Laura Fernández y Eugenia Casares. Su confesión fue la clave para avanzar con la investigación, tenían pruebas fehacientes que acusaban al Koala y a toda su red. Fue el segundo en caer detenido.

Las circunstancias por fin parecían estar a nuestro favor, dado que justo llegó al correo electrónico de la Policía española un misterioso correo desde una cuenta falsa —por supuesto—, cuyo cuerpo del mensaje solo contenía una imagen, una matrícula y una dirección. La imagen era una de las fotos mías en ropa interior que el fotógrafo marroquí envió de forma anónima. Automáticamente se preparó un equipo policial para ir a nuestro rescate, esa información facilitó la búsqueda. Honestamente, si Lorenzo no hubiese estado a la cabeza, ese operativo no se hubiera organizado así de rápido.

La guinda de la torta la tendría una vez que confesáramos, Lorenzo necesitaba a las víctimas para terminar de aplastar de una vez por todas al Koala.

Mientras tanto, en Marruecos la subasta iba viento en popa, habían comenzado a pugnar por mí una cifra cercana a los cien mil dírhams marroquíes, algo así como diez mil euros, una de las pugnas más altas que ese puticlub había recibido. Finalmente, se cerró por quince mil euros. ¡Eso pagó alguien por tener la primicia de tener sexo conmigo!

La ventana abierta

Era cuestión de tiempo que nos localizaran. Hafid, que al parecer no sospechaba nada, subió aquella noche de la subasta a mi cuarto con una botella de *champagne*, estaba contento, supongo que habría pensado que yo también lo estaría. Destapó la botella y sirvió dos copas, brindó como si de una cena romántica se tratase. Yo bebí un sorbo como para seguirle el juego. No pasaron ni cinco minutos y comenzó a acariciarme sin decir palabra, me tocaba como si fuera de su propiedad. Estaba incómoda, por no decir aterrorizada, pensé que sería él quien pasaría la noche conmigo, pero solo fue a fanfarronearse, puesto que había sido subastada a un buen precio.

Me tocaba las tetas de forma desesperada, me besaba los pezones y buscaba mi boca con la suya. Yo le hice el quite, no una, sino todas las veces que pude. Solo quería deshacerme de él, pero no tenía otra opción más que dejarlo. Cuando se dio cuenta de que no respondía a sus besos forzados, me tiró del pelo hacia atrás bruscamente y comenzó a lamerme desde los pechos hasta el cuello, mientras colocaba su pene duro en medio de mis piernas y se rozaba con mi vagina simulando que me estaba penetrando; yo llevaba las bragas puestas. De pronto y sin mediar aviso, me obligó a sentarme en la cama, se bajó los pantalones y metió su pene en mi boca. Yo daba arcadas, pero a él, con la fuerza de un hombre caliente, no le importaba nada. Con su mano sujetaba mi cabeza al compás del movimiento que ejercía su pene dentro de mi boca.

—¡Chupa! —me gritaba—. ¡Chúpalo!

Empezó a acelerar ese meneo cada vez más rápido hasta que se corrió. Solo escuchaba cómo jadeaba de placer. Contuve unos segundos la respiración y me fui al baño a vomitar el semen que tenía en mi boca. Fue la sensación más asquerosa de mi vida, aún me cuesta hablar de aquella felación.

Una vez que todo terminó me metí a la ducha y comencé a restregarme la boca con agua y jabón, lo hice con tanta crudeza que me rompí el labio y comencé a sangrar. Me odiaba a mí misma por ser tan débil.

Cuando logré reponerme, me tapé con una toalla y salí. Hafid seguía ahí, me miró de pies a cabeza, con una mirada pervertida, y me dijo:

—Tú tener suerte, niña, han pagado tanto por ti que yo deber mantenerte intacta. No sexo.

—¿Qué me pasará ahora? —le pregunté nerviosa.

—Mañana iremos juntos temprano, prepararte. Tú y yo.

—¿Dónde? ¿A dónde vamos?

—Tú comenzar a trabajar, ¿escuchaste? —mientras se acomodaba los pantalones.

Fue lo último que me dijo y se marchó. Yo no sabía qué hacer, comencé a cuestionarme, empecé a buscar en la habitación algo, no sabía qué, una herramienta para abrir la puerta, algún material punzante o, con suerte, algunas pastillas para intoxicarme. Entonces me fijé en la botella de *champagne* que el moro había dejado a medio tomar. Tuve el impulso de romperla contra la pared con la intención de coger un cristal y cortarme las venas. Pero me contuve. Ahora entendía a Laura cuando me decía que no quería vivir. Y eso que a mí aún no me habían violado ni todavía mi cuerpo había sido usado, pero esa felación fue suficiente motivo para pensar en suicidarme. Me sentía ultrajada y tremendamente humillada. A pesar de sentirme como una mierda, no fui capaz de matarme porque sabía que, si me cortaba las venas, terminaría siendo un puñado de huesos enterrados en alguna parte de Marruecos, y no quería darles ese placer porque no habría valido para nada todo lo que estábamos pasando. Tenía que mantenerme viva porque en el fondo de mi corazón sabía que algún día saldría de allí. Aún tenía esperanzas.

Finalmente, me bebí todo el *champagne* que quedaba y me quedé dormida.

En mi sueño avanzaba por un túnel negro, me rodeaban círculos azules en espiral. Era como si estuviese viajando a otra dimensión. Al final vi una pequeña luz blanca, quería alcanzarla, pero antes de llegar oí una voz que me susurraba:

—Eugenia, hija, hija mía, aún hay una ventana abierta, no te rindas.

—Mamá, mamá, ¿eres tú? —respondí extrañada.

—Sí, estoy contigo hoy y siempre. No te rindas, no te rindas.

Desperté agitada. Había escuchado la voz de mi madre. ¿Era realmente la voz de mi madre? No, no estaba alucinando, era un sueño muy real. Abracé la almohada y me volví a dormir pensando en ella.

El punto de inflexión

A la mañana siguiente me desperté algo atontada, era el día en que me entregaban a mi postor. Por la mañana me habían dejado algo de comida y un paquete, ni siquiera me había dado cuenta de cuándo entraron a mi habitación. El paquete contenía una especie de túnica blanca con un velo blanco y unos zapatos planos del mismo tono. Debajo, y para mi sorpresa, un conjunto de ropa interior de encaje, blanco también.

Me duché y me vestí. A las diez subió una mujer y comenzó a maquillarme, no hablaba español, y además venía con un burka, por lo que era imposible verle la cara.

A las once y media subió Hafid. Cuando me vio, exclamó:

—¡Tú estar hermosa! Ganaremos mucho dinero juntos.

—Gracias —le contesté con una sonrisa fingida.

—Nos vamos.

—No me voy sin Laura —le respondí seria.

El tipo se rio a carcajadas, y me contestó:

—Comprenderás que… no estáis en posición de elegir.

—Claro que lo estoy, más que nada ha sido la mejor apuesta de tu puticlub, ¿no? ¿Qué pasaría si no llego en condiciones? No podrás cobrar, supongo… Basta con que no me deje tocar o, peor aún, ¿qué pasa si me meto mi dedo por la vagina y dejo de ser virgen? Perdemos los dos, ¿no?

Abrió los ojos y se dio cuenta de que yo tenía razón, por el tono de mi voz sabía que estaba hablando en serio y que era capaz de joderle el negocio, todo por venganza. Pero lo cierto era que yo realmente sentía que ya no tenía nada que perder y me daba igual que me golpearan o me violaran. No había escapatoria para mí.

—¡Cállate, puta! No eres más que una puta —me gritó.

—Bueno, ¿hay trato o no hay trato? —le respondí desafiante.

—No trato.

—Pues bien, entonces no te aseguro que tu cliente se acueste con una virgen de verdad.

Enfurecido, no le quedó más alternativa que acceder. Gritó escalera abajo llamando a un tal Mohamed, que subió las escaleras corriendo. Hafid le dio unas cuantas instrucciones en árabe, bajó, esperamos unos minutos y luego Mohamed subió nuevamente, pero esta vez venía con unas llaves en las manos. Abrió una de las habitaciones del pasillo.

Del cuarto salió una mujer que no era mi Laura, esa Laura guapa, alegre y *echá p'alante* definitivamente había quedado atrás. Era un puñado de huesos desaliñados. Me miró, pero no reaccionó, su deterioro físico era evidente: pupilas dilatadas, ojeras, extrema delgadez y muy pálida. Quería abrazarla, pero me sujetaron entre los dos, porque según ellos iba a ensuciar el flamante atuendo blanco que llevaba puesto.

Me puse a llorar, intenté hablarle para estimularla, pero ella no me respondió. Creo que estaba bajo los efectos de alguna droga, porque no era normal ese comportamiento en ella, estaba desorientada y deliraba.

—Tu amiguita no está en el planeta Tierra —me dijo Hafid con una sonrisa en la boca.

—¡No es eso, no está bien! ¿O es que acaso no la ves? ¿Está drogada? —le pregunté, sabiendo que la respuesta era obvia—. ¡Déjala que venga conmigo, por favor!

—No podéis ir juntas, tú vais a otro sitio.

—¡No, no nos puedes separar! Por favor, no nos separes, déjame volver aquí después, por favor —le supliqué.

Me callé cuando escuché que Laura se dirigió a Mohamed:

—Dejadme volver a mi cuarto, dame más, por favor.

—Laura, cariño, soy yo, Eugenia, tu prima. Te sacaré de aquí, te sacaré de aquí.

Ella me miró y me sonrió, pero estaba fuera de sí, ida, insípida, muerta en vida.

—No tenemos más tiempo, Eugenia. Tu amiga Laura quiere otras cosas, droga, es una adicta.

—¿Qué le hiciste, hijo de puta? ¿Qué le hicieron? —gritaba descontrolada.

—Cálmate, Eugenia, o tú llevarte un golpe…

Ciertamente, mis ruegos fueron en vano, estaba decidido que yo iría a otro sitio después de pasar la noche con el hombre que pagó por mí. Sabía que no volvería a ver a Laura nunca más, por más que me empeñara en hacerlo cambiar de opinión.

Nos subimos a la camioneta de siempre, no tenía idea de hacia dónde nos dirigíamos, pero a esas alturas me daba lo mismo, solo pensaba en Laura y en lo mal que estaba la pobre. Era una crónica de una muerte anunciada, me vi a mí misma así al poco tiempo.

Habría pasado una media hora desde que dejamos el puticlub y el coche se detuvo. Los cristales polarizados no me dejaban ver mucho hacia el exterior, solo sabía que habíamos aparcado en una calle muy moderna, a diferencia del resto de los barrios en los que había estado; esta, al parecer, era una zona de ricos. Nos bajamos y avanzamos hacia una urbanización que contaba con dos hermosos edificios blancos, cuya arquitectura era más bien moderna. Ambos edificios estaban unidos por un estiloso arco con terminaciones árabes y, en los bordes, se asomaban flores de temporada de distintos colores. Había un precioso jardín perfectamente mantenido con palmeras por todos lados y la mayoría de los apartamentos tenían vista al mar. El lugar me pareció un paraíso en comparación con la pequeña habitación en la que había pasado estos últimos días.

Hafid saludó a un conserje que estaba en la entrada como si fueran grandes amigos. El hombre nos hizo pasar como si ya conociera el protocolo. Subimos en ascensor y llegamos a una quinta planta, allí avanzamos por un pasillo hasta llegar a un apartamento que tenía por numeración el 12.

El apartamento era precioso, elegante, con toques de madera y suelo de mármol, una belleza. Me senté en un inmenso sofá blanco impoluto que había en el salón y esperé, nerviosa. De la cocina salió una mujer de aspecto marroquí, nos ofreció un té. Yo no respondí, pero mi captor sí lo hizo con una sonrisa en la boca, aceptando el ofrecimiento.

De pronto, escuché voces en las afueras del piso, tocaron la puerta y la mujer marroquí fue corriendo a abrir, algo que me pareció curioso, dado que si hubiese sido el dueño de aquel piso, habría tenido llaves. Ignoré la situación, no quería darle más vueltas a la cabeza.

—Buenos días —dijo una voz que reconocí de inmediato.

—Buen día —saludó Hafid.

—Aquí está el sobre con el dinero…

—Toda suya. Tienes una hora.

Cuando me giré, no podía creerlo. Era Lorenzo. Mi corazón comenzó a latir con tanta fuerza que solo quería correr hacia él y abrazarlo. No entendía nada, solo sabía que por fin estaba a salvo.

Lorenzo avanzó con paso sigiloso, se acercó a mí y me hizo un gesto con la mirada. Entendí que debía seguir el juego.

—Irse a la habitación y dejar la puerta abierta —indicó Hafid.

—Yo prefiero intimidad, que sea a puerta cerrada —respondió Lorenzo.

—No, amigo, no podrá ser así. Solo una hora, ¿entender? Una hora de tiempo.

—Yo soy el cliente y yo quiero cerrar la puerta, ¿entendido?

Lorenzo me miró fijamente a los ojos y me tomó de la cintura. Caminamos en silencio hacia la habitación. Cuando entramos, me dijo:

—Escucha, tenemos un operativo de rescate. Necesito que me sigas el juego.

—Lorenzo, yo… yo no sé qué decirte, lo he pasado muy mal. ¿Qué haces aquí? Esto es muy peligroso, te pueden matar, ¿acaso no lo entiendes?

—Tranquila, Eugenia, está todo bajo control. He sido yo el que ha pagado la puja.

—¿Qué? ¿Qué has pagado tú por mi virginidad? ¿Pero cómo me encontraste? ¿Quién eres? ¿Qué es todo esto?

—Shhhh, no digas nada. No puedo explicarte nada en este momento. Ahora haremos como si no nos conociéramos e intentaremos fingir que estoy teniendo sexo contigo. La condición que me han puesto es que debo mostrar la sangre manchada en la sábana blanca, es el comprobante de tu virginidad. —Hizo una pausa—. Pero tranquila, me haré una herida con un cortopunzante que traigo escondido y podremos disimular la sangre.

No daba crédito a lo que en ese momento Lorenzo me estaba confesando. ¿Tanto me quería que fue capaz de pagar un dineral por rescatarme? La idea me parecía muy romántica para ser real, pero tampoco era el momento de seguir cuestionando sus actos, y menos en la situación tan peligrosa en la que estábamos. Entonces, dejé atrás todas mis preguntas, suspiré y espeté:

—Lorenzo, no… no necesito que disimulemos, menos ahora… Quiero que me hagas el amor de verdad. Además, estoy segura de que se darían cuenta de que no es sangre virginal. No es necesario arriesgarse de esta forma, bastante te has expuesto ya por mí. De igual forma hoy me iban a violar y prefiero que lo hagas mil veces tú. Esa es la cruda realidad, queramos aceptarlo o no.

—No seas así, Eugenia, no es necesario que pasemos por esto. No lo hice por eso, sino para minimizar todo el daño que te han hecho…, que te he hecho.

—¡Pero, Lorenzo! Si tú no me has hecho nada. Al contrario, estoy tremendamente agradecida por…

No alcancé a terminar la frase y me besó. Fue un beso con sabor a gloria. Nos quedamos un rato abrazados. Luego me miró angustiado, con cara de preocupación, y se sentó en la cama y se puso las manos en la cabeza.

—No puedo hacer esto, Eugenia, estoy trabajando. Soy policía y estoy en misión.

—¿Que eres qué? ¿Pero cómo? ¿En misión de qué, Lorenzo? Por favor, explícate que no entiendo nada. ¿En qué lío estás metido?

—No puedo explicártelo ahora, corazón, no hay tiempo.

—¿Pero desde cuándo eres policía?

—Desde siempre, no podía contártelo, menos estando tan cerca del Koala y toda su red. Escúchame, cuando lleguemos a España, te contaré todo, desde la feria. No más mentiras. Te lo prometo.

—Entonces, si no tienes nada que decir ahora, hazme el amor —respondí resignada.

La verdad es que intenté ser práctica, no tenía sentido seguir discutiendo bajo el escenario en que ambos nos encontrábamos; además, nuestras vidas estaban en peligro. En verdad, no me sentía cómoda haciendo el amor ahí, pero no teníamos más opción, la situación era la que era y punto.

Lorenzo me tomó de la cintura y empezó a besarme apasionadamente, se sacó la camisa y comenzó a susurrarme cosas al oído. Primero me dijo todo lo que me había extrañado, luego lo mal que se sentía porque las cosas se habían escapado de las manos y me decía que lo perdonara. Podía sentir cómo esa mezcla de emociones me hacía ponerme más y más excitada. Me sacó la túnica lentamente. Miró mi ropa interior de encaje con deseo y con delicadeza a la vez, comenzó a tocar mis pezones suavemente, luego me los besó. Nos volvimos a besar, desaforados, sin pensar en nada ni en nadie. Nuestros cuerpos encajaron hasta caer por inercia en la cama, y comenzó a darme besos en el vientre. Me quitó el sujetador y luego las bragas. A pesar de estar sin ropa, no quise cubrirme, quería que me viera. Él se quitó los pantalones y el bóxer, se quedó desnudo frente a mí, mirándome. No había tiempo para admirarnos, pero su cuerpo parecía simplemente perfecto.

Se puso sobre mí y me susurró al oído:

—Nena, hubiese preferido otras circunstancias, sé lo importante que es esto para ti. Perdóname, por favor…

—Lorenzo, hazlo, por favor, se nos acaba el tiempo.

Abrí mis piernas de forma intuitiva y sentí como su miembro entraba en mi vagina. En un principio fue como un pinchazo de dolor, luego comenzó a ser placentero. Lorenzo la sacaba y la metía suave, muy suave, después fue aumentando el ritmo a medida que me veía a mí disfrutar. Sentía que algo me corría entre las piernas, me toqué y era sangre. Él siguió mientras me preguntaba si estaba bien, si quería que parara. Honestamente, no quería que se detuviera ni en ese momento ni nunca, después de tanta amargura, por fin estaba disfrutando de un poco de placer y alegría.

—Te quiero, Eugenia. Te quiero más que a mi vida.

—Y yo a ti, Lorenzo. No sabes cuánto te extrañé…

A esas alturas, las palabras sobraban.

Sus movimientos comenzaron a ser mucho más intensos y seguidos. Sudábamos. Yo sentía un latido en mi vagina, quería que parara, pero a la vez quería más intensidad. Era algo confuso, como si un cubo de agua caliente me recorriera de los pies a la cabeza. Jadeaba, disfrutaba… Una embestida final hizo que un cosquilleo me subiera hasta el estómago y exploté, exploté de placer. Unos espasmos me recorrieron todo el cuerpo y por algunos segundos perdí la noción de todo. Lorenzo cayó sobre mí exhausto, casi se había corrido al mismo tiempo que yo. Al terminar, no quiso ni limpiarse, simplemente se recostó a mi lado y me abrazó. Ambos nos quedamos en silencio varios minutos, desnudos y rendidos de placer en la cama de un desconocido.

Me acarició el pelo y me sonrió:

—Estás hermosa.

—Gracias —le respondí algo avergonzada.

Ambos nos mirábamos embobados. El sonido del «toctoc» de la puerta me hizo volver a la realidad, me cubrí rápidamente con el edredón.

—Diez minutos más —exclamó Hafid detrás de la puerta.

—Vístete —me ordenó Lorenzo—, le llevaré la sábana mientras.

Me toqué la vagina y tenía sangre, una mezcla de sangre y semen, ni siquiera habíamos usado protección. Lorenzo no venía preparado. Después me contó que su intención era realmente cortarse alguna parte del cuerpo para comprobar que había tenido sexo, no que lo haríamos.

Me metí al baño y me lavé como pude, me volví a colocar la túnica, me puse las braguitas y cubrí mi cabeza con el velo blanco. Lorenzo entró de nuevo, me dijo que tenía que regresar con Hafid, que no me preocupara porque lo más seguro es que me llevaran de vuelta al putadub y que ahí nos iban a rescatar. Necesitaba seguirnos porque no tenía la certeza de que la dirección fuese la correcta.

—Lorenzo, por favor, no me dejes sola. Por favor. —Y me puse a llorar.

—No, nena, no lo estás. Te juro por mi vida que saldrás de esto, pero tenemos que seguir con la farsa para poder rescatar al resto de las muchachas. ¡Te necesito! Un coche policial te escoltará. Tú tranquila.

—Lorenzo —le susurré—, no estoy segura de que realmente me vayan a llevar al mismo putadub.

—Te llevarán al mismo —sentenció tajante.

Cuando salí de la habitación era un mar de nervios. Me fui directamente al salón donde estaba Hafid tomando una fotografía a la sábana manchada con sangre, como si eso fuera un gran trofeo. Al verme se acercó, me tomó de un brazo de forma violenta y me sentó en el sofá:

—¿Parece que lo pasaste bien? Escuché tus gemidos.

—No me quedaba otra —le respondí.

—Muy bien. Pues ahora me toca disfrutar a mí.

Me cogió nuevamente del brazo y me llevó a la habitación, comenzó a desabrocharse el pantalón, me tiró a la misma cama donde hacía algunos minutos Lorenzo me había hecho el amor. Yo empecé a gritar desesperada, Hafid no dudó en pegarme una bofetada, que me dejó atontada, para que me callara.

Lorenzo estaba saliendo del apartamento cuando escuchó mis gritos. Se volvió y tiró la puerta de la habitación abajo, corrió hacia Hafid y lo agarró por la espalda. Ambos comenzaron un forcejeo y empezaron a golpearse brutalmente.

Lorenzo peleaba como si fuera un profesional. Después de unos minutos atacándose mutuamente, finalmente le propinó un puñetazo que no sé si lo mató o lo dejó *knock-out,* la cosa es que Hafid quedó inconsciente tirado en el suelo. Yo estaba en estado de *shock,* lo poco que recuerdo es que Lorenzo me agarró de la mano y salimos corriendo del apartamento escaleras abajo. Fuera nos estaba esperando una furgoneta negra con varios policías armados.

—¡Hemos abortado misión, hemos abortado misión! —gritaba Lorenzo agitado—. ¡Llamad a una ambulancia, que hay un hombre herido en el apartamento doce!

Entraron unos cinco policías más a la urbanización, iban armados hasta la médula, con cascos y trajes de protección. Parecía una película de acción. Al instante llegaron otros tres coches policiales más, no supe qué más pasó. Con el tiempo me enteré de que Hafid no se había muerto y que fue arrestado después de pasar semanas en un hospital por una fractura craneal y dos costillas rotas.

—¡Lorenzo, vamos por Laura, por favor!

—Va otro operativo al puticlub, tranquila.

—¡Necesito verla! ¡Necesito saber que está bien!

—Es muy arriesgado, nena. No entiendes que esto es una red muy pero muy peligrosa, ahora hemos atrapado a algunos, pero no caerán todos.

Fue tanto lo que le rogué que arrancamos el coche rumbo al puticlub. Cuando llegamos, había caos fuera del lugar: coches policiales, disparos y una ambulancia. No me quería imaginar lo que estaba sucediendo, tres tipos muertos frente a mí y dos de los guardias del local estaban esposados. Apenas el coche se detuvo, me bajé corriendo en busca de Laura. Escuchaba a Lorenzo gritar a mi espalda, pero no era consciente de sus palabras, mi único objetivo era encontrarla.

Entré al puticlub y subí las escaleras que daban a las habitaciones. Comencé a abrirlas y la mayoría estaban vacías, no encontraba a Laura por ninguna parte. Mi angustia comenzó a convertirse en dolor, no podía respirar, gritaba desesperada su nombre por todos lados.

De pronto vi que una de las habitaciones estaba semiabierta, entré y allí estaba la escena más triste de mi vida: Laura tirada en el suelo, rodeada de un charco de su propia sangre. Tenía un puñal enterrado en el estómago y le estaba saliendo más sangre por la boca. La tomé entre mis brazos y comencé a llamarla por su nombre, pero ella en un principio no reaccionaba. Le di pequeños golpecitos en la mejilla y abrió los ojos. En eso llegó Lorenzo, quien no daba crédito a lo que pasaba frente a sus ojos, se quedó inmóvil por unos segundos en el umbral de la puerta. Se acercó a nosotras y le tomó el pulso, aún estaba viva. Salió corriendo de la habitación en busca de una ambulancia.

—¡Laura, cariño, soy Eugenia! Ya todo terminó, nos vamos a casa con tu mamá y las abuelas.

Ella me miró y sonrió, acercó su mano a mi cara y me hizo un cariño. Luego tomó la gargantilla que le había regalado y se la arrancó de un tirón. Me la dio en mis manos.

—¡Esto es tuyo! —me dijo con una voz cortada—. ¡Eres un ángel, puedo verte!

—Laura, cariño, tienes que ser fuerte, nos vamos a casa. ¡Venga que nos esperan! —la trataba de animar.

—Ya estoy en casa, con Dios. Es mejor así, es mejor…

Se quejaba de dolor.

—¡Laura, quédate conmigo, por favor! ¡Quédate conmigo, no te vayas, por favor! —Yo no podía contener las lágrimas.

Ella cerró los ojos, estaba tan mal que apenas se escuchaba su respiración. Solo la abracé, la olí profundamente, le di un beso en la frente y le susurré al oído:

—Cuando tenga una hija, la llamaré como tú…

Fue la última vez que la vi sonreír. Se murió entre mis brazos, y una parte de mí también se fue con ella.

Una serie de imágenes comenzaron a pasar por mi cabeza, como si de un *collage* de fotos se tratase: el primer día que la vi bajando la escalera, Laura vestida de flamenca, Laura bailando sevillana, Laura sonriendo, Laura abrazándome, Laura haciéndome cosquillas, Laura riéndose a carcajadas, Laura mujer, Laura hija, Laura amiga, Laura hermana, sí, mi única hermana.

Cuando Lorenzo llegó ya era tarde. La tomó en sus brazos y salimos del cuarto, yo iba detrás de él. Al bajar las escaleras me miré frente a un espejo que había justo en el pasillo. Mi atuendo blanco era rojo y mi cara estaba manchada con la sangre de Laura, me toqué la mejilla y respiré.

—Esto no quedará impune, te lo prometo, Laura.

Retorcidos

La muerte de Laura significó el punto de inflexión para todos, en especial para la banda. Detuvieron al Koala, a Daniel, al dueño del puticlub, Hafid, al gordo del club, a proxenetas, a personal propietario, a intermediarios, a vigilantes, etc. La noticia salió en todos los noticieros y periódicos de España, y en algunos de Marruecos, también. Lamentablemente, hasta hoy nunca se supo quién la asesinó. Hice mi denuncia en contra de Daniel y de Carlos en una oficina policial de Marruecos, la necesitaban lo antes posible para poder encarcelar al Koala. Viviana también confesó en contra del Koala.

Tardamos cinco días en llegar a España. Lo que más nos retrasó fueron los trámites para repatriar el cuerpo de Laura. Tuvimos que esperar a que llegaran sus padres, reconocieran el cadáver y luego esperar unos días más para que los papeleos se cumplieran acorde a lo exigido por la ley española y marroquí.

Lorenzo estuvo conmigo en todo momento, pero yo no era capaz de hablarle. Estaba sumergida en una tristeza absoluta y solo quería llegar a España y abrazar a mi Nina.

Mi abuela Victoria, apenas me vio, se desmayó de la impresión. Cuando recobró la cordura, lloraba como una niña.

—¿Qué te han hecho, mi niña? —me preguntaba mientras me acariciaba el moretón que me había dejado la cachetada que me había propiciado Hafid en la cara.

—Nada, abuela, ya estoy contigo. —No supe qué más decir.

Caí en sus brazos rendida, necesitaba su energía, su calor de madre, la necesitaba a ella. Ambas lloramos. De reojo miré a Carmenchu, que estaba sentada en un sofá con aspecto demacrado y cabizbaja, absorta, mirando al infinito. Después de recomponerme, me acerqué a ella, quien me miró triste y desconsolada, tenía los ojos húmedos de tanto llorar. No dijo nada, solo me abrazó.

—Lo siento, Carmen, por no traer a tu niña viva. Lo siento.

—No es tu culpa, Eugenia, no es tu culpa… No es su culpa, Carmen, no es su culpa —me lo repitió y luego se lo repitió a ella misma. Estaba mal.

El funeral de Laura fue muy emotivo, prácticamente todo el pueblo iba caminando detrás del coche fúnebre, yo iba tomada de la mano de mi abuela y de Carmen. Delante de mí iban los padres de Laura, destrozados. Bueno, todos lo estábamos de alguna manera. Al terminar la ceremonia, las amigas más cercanas de Laura expresaron conmovedoras palabras en honor a ella y, al finalizar, soltaron varios globos blancos al cielo.

Los siguientes días en casa de Carmenchu fueron vacíos. Lorenzo iba a por mí todos los días, pero yo no lo quería ver. Ni a él ni a nadie. Intentaba no acordarme de todo lo que pasamos; pensaba tantas cosas, incluso me convencí a mí misma de que quizás para Laura lo mejor que le pudo haber pasado fue la muerte. Honestamente, no sé cómo hubiese podido sobrevivir después de todo lo que sufrió. Porque para qué engañarnos, fue ella quien lo pasó realmente fatal; por lo menos yo tuve la suerte de que nadie me violara. No estoy segura de lo que realmente le hicieron, pero por lo que intuía, se ensañaron con ella: la transgredieron, la humillaron, la drogaron en contra de su voluntad y luego la explotaron sexualmente sin descanso.

Mi autoflagelo no tenía fin, por más que intentaba no recordar, no era capaz de dejar atrás todas esas vivencias. No quería salir a la calle por temor a que la gente me juzgase, me sentía culpable por no salvar a Laura, verla morir fue lo peor que me pudo haber pasado en la vida, y peor aún me sentía porque había sobrevivido. ¿Por qué salí casi airosa de la situación cuando fue ella quien se llevó la peor parte? Sentía miedo, dolor y rabia. No reconocía a la mujer que habitaba en mí. Tras dos meses desde que nos secuestraron, el dolor me había transformado en otra persona y solo deseaba desaparecer.

Del silencio en mi habitación pasé al llanto descontrolado, del llanto a la ira, de la ira a la amargura y de la amargura a la resignación. En mi fase de resignación, decidí que era tiempo de poner un punto final a este martirio y comencé a recapitular todo lo que había pasado desde la feria, necesitaba respuestas para poder avanzar.

Acepté la ayuda que me daba el Ayuntamiento para comenzar un tratamiento psicológico para superar el trauma. En verdad, todos en esa familia lo necesitábamos, así que empecé con terapia individual alternada con terapias familiares.

Mi abuela había decidido que regresaríamos a Chile dentro de un mes, pero le dije que no, que tenía que resolver algunos temas y que para ello requería estar más tiempo aquí. Además, ahora más que nunca, su Carmenchu la necesitaba. A mi abuela le pareció lógica mi propuesta.

Empecé a atar cabos, la primera pregunta que me hice fue cómo Lorenzo conocía al Koala y Daniel, ¿por qué estaba esa noche en la feria con ellos dos? Otra cosa que me parecía curiosa era la cantidad de preguntas que me había hecho Lorenzo respecto al romance entre Daniel y Laura. ¿Cómo supo dónde estábamos? ¿Cómo llegó a la web de las pujas? ¿Por qué me ocultó que era policía? Empecé a relacionar las historias, los horarios, las palabras, todo… Mi cabeza le daba mil vueltas a muchas situaciones que viví con él, como, por ejemplo, el hecho de que no hubiera querido acostarse conmigo ese día que pasamos juntos en el campo. ¿Por alguna razón, no quería que perdiera la virginidad con él o simplemente fue una mera casualidad? Lamentablemente, llegué a una horrible conclusión.

A la mañana siguiente lo llamé a su casa y le pedí dos cosas. La primera era que me llevara a visitar al Koala a la cárcel, y la segunda, que necesitaba hablar con él en un lugar no público. Me insistió en que no me podía asegurar conseguir un permiso para entrar a la cárcel, pero que lo intentaría. Pasaron un par de días hasta que me llamó con la noticia de que había logrado permiso para una visita gracias a sus contactos en la Interpol, pero fue una excepción, una que le podía costar una buena amonestación en su trabajo. Pero a esas alturas le daba igual porque sentía que tenía una deuda conmigo.

Camino a la cárcel, no hablamos nada durante los primeros diez minutos, luego le pregunté si sabía algo de la vida pasada del Koala. Me confesó gran parte de lo que ellos habían averiguado después de meses de investigación.

Resulta que Carlos fue un niño criado por una madre soltera que al parecer era un poco loquilla y trabajaba de prostituta. Se crio prácticamente solo y a la deriva, algunos vecinos se hacían cargo de él y lo alimentaban, ya que la madre pasaba drogada todo el día o follando con uno y con otro. A los cinco años, su madre se fue a vivir con un cliente que había conocido, que se hizo cargo de ella y de Carlos, pero al parecer este hombre no tan solo tenía un interés sexual en ella, sino también en su hijo, puesto que comenzó a abusar continuamente de Carlos desde los cinco hasta los nueve años de edad. A los diez años el chico pudo escapar de su casa y estuvo deambulando por las calles de Sevilla varios meses, hasta que la policía lo encontró y lo llevó a un centro de menores. Ahí se crio bajo la ley del más fuerte, y él por cojones tuvo que ser el más fuerte. A los catorce, cometió su primer delito: robo con intimidación a una mujer mayor. Luego, comenzó a robar en tiendas y supermercados, armó su pequeña banda. Cuando cumplió dieciocho, conoció el mundo de la prostitución y se volvió adicto a las putas, cada vez que estaba con una para él era inevitable acordarse de su madre, entonces comenzó su odio hacia las mujeres, ya que tenía varias denuncias por maltrato. Claramente, tenía el perfil psicológico de un hombre agresor, pero para mí solo era un sádico al que le satisfacía el poder que ejercía sobre las mujeres bajo amenaza. En los mismos puticlubs que frecuentaba, comenzó sus primeras andanzas en la trata de mujeres y, como ya era conocido por los dueños de estos, llegó uno que le ofreció dinero por llevarle mujeres nuevas. Se dio cuenta de que era mucho más fácil que andar asaltando tiendas y, por supuesto, económicamente era el triple más rentable. Se hizo un cambio de *look* y con el dinero que tenía ahorrado —porque era un buen administrador— se compró un coche de alta gama que le vendió el mismísimo Daniel. Con el tiempo estos dos se hicieron amigos, el Koala le propuso el negocio a Daniel y entre los dos formaron su propia banda. Las primeras víctimas eran españolas, luego la policía comenzó a sospechar y comenzaron a optar por extranjeras. Al Koala le gustaba violarlas, él era el primero, siempre lo hacía apenas llegaba a Marruecos, pues allí se sentía protegido. Cada embestida que le propiciaba a su víctima la convertía en placer, en cada suplicio él veía una sola imagen: el rostro de su madre. Posiblemente era su forma de vengarse de ella y de su agresor. Para él todas las mujeres eran putas y se merecían el dolor. Era un hombre desquiciado, eso estaba claro.

Cuando Lorenzo terminó de contarme la historia, me quedé en silencio, no porque me hubiera conmovido, sino porque pude entender su perfil psicológico. Era un psicópata que merecía estar en la cárcel, porque, aunque hubiese tenido la infancia que tuvo, ninguna víctima fue culpable de su desgracia y a esas alturas era improbable que se rehabilitara, era un enfermo mental y punto. Para mí, se merecía la muerte a pellizcos y/o la cadena perpetua.

El Koala estaba encarcelado en la prisión provincial Sevilla-1, que fue abierta en 1989 y estaba ubicada a unos cuarenta minutos de Provenzal, en la carretera que va del barrio sevillano de Torreblanca a Mairena del Alcor, término municipal en que se encuentra ubicada.

Después de aparcar y de pasar por dos controles de seguridad, caminamos por largos y estrechos pasillos. Cada ciertos metros teníamos que parar para entrar a otro módulo cerrado con candados, nos tenían que abrir la puerta y luego otro guardia volvía a cerrar. Era una cárcel bastante infalible. Finalmente llegamos a una especie de sala con una mesa y dos sillas, prevista para un encuentro directo con el convicto. Este tipo de visitas generalmente son cedidas a un familiar directo, pero Lorenzo se las arregló para que fuera así y no a través de un panel de metacrilato interpuesto entre nosotros. Sabía de mi imperiosa necesidad de verle la cara y tenerlo frente a mí.

Apenas lo vi, me entraron ganas de abofetear su asqueroso rostro, pero me contuve.

—¡Vaya, vaya! Qué visita tan inesperada —me gritó el Koala con su tono burlesco de siempre.

Venía vestido con un mono entero color azul, esposado de manos y pies. Un gendarme se quedó fuera de la sala por el lado en que el Koala salió y el otro de mi lado.

—Así te quería ver, hijo de puta. —Esbocé una sonrisa de placer.

—¿Pero por qué no pediste un vis a vis y nos hubiéramos revolcado como lo hiciste en Marruecos? Podrías haber pedido una cama o una habitación más confortable, princesa.

—¿Contigo? —me reí burlesca—. Jamás hubieses conquistado a nadie de mi nivel si no hubiera sido a la fuerza. ¡Oh, pobrecito! Eres tan feo que no hay por dónde cogerte. Ahora entiendo por qué violas, porque nadie le daría la pasada a un ser tan repugnante como tú. Ojalá que te la metan tantas veces por el culo como te la metía tu padrastro…

Me sorprendí de mí misma por usar ese vocabulario tan vulgar, pero fue lo que me nació decirle, y parece que le toqué la fibra porque se paró alterado haciendo un ademán para golpearme. Pero el gendarme lo redujo.

—¡Cállate, puta, no sabes nada de mí!

—¿Eso es todo lo que sabes decir? «Puta, puta, puta por aquí, puta por allá»… Claro, te entiendo, si fuiste criado por una, es lógico que, para ti, todas sean putas.

—Cuando salga de aquí, te voy a buscar y te la voy a meter hasta la garganta, ¿me escuchaste?

Me reí a carcajadas.

—No vas a salir de aquí, Carlitos, ¿sabes por qué? Porque haré lo imposible para que te pudras en la cárcel. Para mí, el único asesino de Laura eres tú.

Me dio placer decirle eso, sabía que hervía de rabia. No quería seguir hablando con él, me daba asco. Lo último que le dije fue:

—¡Púdrete, maricón! —Y le escupí en la cara.

Di media vuelta y me fui mientras él seguía gritando un sinfín de improperios contra mí. Me sentí liberada y tranquila conmigo misma, por primera vez sus amenazas no me daban miedo, y no era porque estaba encarcelado, sino que algo en mi interior me hizo sacar fuerzas para enfrentarlo. Me vi capaz de defender lo que era correcto y no infravalorar mi ego ante monstruos como ese.

Al salir, Lorenzo me preguntó si estaba bien. Asentí con la cabeza y sonreí. Le pedí que me llevara a su casa de campo para despejarme, necesitaba estar en un lugar tranquilo.

El camino de vuelta fue incómodo, no hablé nada y Lorenzo me miraba de reojo, como buscando conversación, pero a mí no me apetecía en absoluto. Apenas llegamos al cortijo, nos bajamos y entramos directamente al salón. Me ofreció un café. Contesté que sí.

Cuando se sentó, comenzó a decir cosas triviales como para romper el hielo. Sin embargo, yo ya no aguantaba más y fui directa al grano, quería que todas esas dudas que llevaban torturándome los últimos días se disiparan.

Comencé a sentir un nudo en la garganta porque faltaba la pregunta final, aquella que no quería expresar porque sabía que la respuesta iba a ser dolorosa, pero era menester escucharla de su boca.

Tragué saliva y solté:

—¿Tú sabías que éramos nosotras?

Hubo un silencio en el ambiente.

—Lo sospechaba, pero no pensé que se atreverían. Era imposible, había otras muchachas que tenían en vista, Eugenia… ¡Te dije que no fueras a ese viaje, te lo dije, joder! —Luego agachó la cabeza.

Yo movía la cabeza, escéptica. Me puse de pie de un sopetón y le tiré un jarrón que tenía a mano. Lo esquivó y le di en el hombro, luego le grité de todo lo que se me vino en la cabeza y me fui en busca de él. Empuñé mis manos y comencé a desatar mi ira descontrolada contra su pecho. Él se dejó. Cuando descargué toda la furia que tenía contenida, caí al suelo y me hundí entre sus piernas. Él se agachó y me acarició el cabello.

—Cálmate, Eugenia. Nunca pensé que ellos llegarían tan lejos. Te juro por mi madre que no pensé que iban a por vosotras. Además, necesitaba desbaratar esa red que llevaba más de ciento cincuenta secuestros en Andalucía, necesitaba detenerlos. Me equivoqué, ¿entiendes que me equivoqué contigo y con Laura? Tuve que mimetizarme y ser parte de ellos para saber cómo actuaban, cómo funcionaban, sus tácticas, cuáles eran sus formas de trabajar, sus contactos… Escúchame, después de nuestro día de campo, me llamaron de urgencia para un operativo en África y me tuve que marchar. A los días, te llamé por teléfono para advertirte, pero nadie cogió el teléfono en casa de Carmen. Cuando llegué de mi viaje, ya no estabas, y ahí supe que ya era tarde, tarde para ti y tarde para mí, para decirte todo lo que sabía y para confesarte que me había enamorado de ti.

—¡Cállate, Lorenzo! ¡No puedo seguir escuchando tus palabras! No puedo… No sé si me mientes o no, no sé si eres real… No tienes derecho a mencionar a Laura, ¡nunca! No tienes derecho a decir su nombre porque por tu culpa ella está muerta. Muerta, Lorenzo, ¿me escuchas? —Yo lloraba desconsolada.

—Eugenia, solo puedo pedirte perdón por todo esto. Me prometí a mí mismo que te sacaría de allí, hice hasta lo imposible por recuperarte. Sabía que a ti no te pasaría nada porque me confesaste que eras virgen y sabía que ellos buscaban perfiles como el tuyo. Perdóname, por favor, perdóname. Debí haberos advertido, debí haberos dicho que Daniel era peligroso, pero no pude, tenía la presión laboral no tan solo de mis superiores, sino de todas aquellas madres que buscaban a sus hijas desesperadamente. No solo tú sufres, Eugenia. Había una chica desaparecida con tan solo dieciocho años, no sabes la impotencia que sentía al saber que ellos estaban detrás de todo esto y sabiendo que estaba a punto de detenerlos…

—¡Cállate! —Lo interrumpí—. Supongo que te habrás ganado una medalla, ¿no? Supongo que ahora eres el héroe de esta historia —me reía irónica—. Pero… ¿sabes lo que eres? No eres más que un cabrón repugnante, narcisista que solo se mira su propio ombligo. Hubiese preferido acostarme con cualquier otro hombre antes que contigo. Eres un retorcido, un cerdo, eres igual que el Koala porque no tienes escrúpulos. Eso es lo que eres, un retorcido. Escúchame, jamás te voy a perdonar, nunca. Lo que había entre nosotros murió el mismo día que murió Laura. No puedo perdonarte, no puedo…

Salí del cortijo corriendo, necesitaba aire, no podía seguir mirándolo a la cara. Si él tan solo nos hubiese advertido, si me hubiera dicho que era policía, hoy seguro que Laura no estaría muerta. Era su culpa.

No sé cuánto ni para dónde anduve, solo sé que después de un largo rato me perdí entre los olivos. Cuando empezaba a oscurecer, decidí regresar, pero no recordaba el camino y encima tropecé con no sé qué cosa que había en el suelo y caí. El impulso del tropezón me llevó a rodar por un barranco, luego no recuerdo nada más. Desperté al otro día en una habitación blanca, antigua, enfrente había un tocador con un espejo estilo medieval. Empecé a recordar lo que había pasado y supuse que estaría aún en el cortijo de Lorenzo. Estaba algo desorientada, recordaba que habíamos discutido, pero solo eran unas vagas imágenes que se me venían a la cabeza.

De pronto la puerta se abrió. Era él. Se acercó lento, como si con su mirada me intentara pedir permiso para hablar. Se sentó a la orilla de la cama y me tomó de la mano.

—Te has caído —me dijo.

—Lo sé —contesté escueta—. Necesito irme a casa, mi abuela estará preocupada.

—No te preocupes, ya la avisé de lo que pasó. Ahora necesitas descansar. Lo bueno es que no tienes nada roto, vino el médico de la familia y comprobó que estuviera todo en su lugar. Solo tienes arañazos y algún que otro hematoma, pero nada de qué preocuparse. Pudo haber sido peor, Eugenia.

—Lo peor es seguir viéndote la cara —le refuté.

—Eugenia, basta, no sé de qué manera puedo seguir pidiéndote perdón. Yo… yo te amo…

Al decirme esa frase, agachó la cabeza como sintiéndose avergonzado. En el fondo de mi corazón también lo amaba, pero no era capaz de perdonarlo. Estaba presa de mis sentimientos, solo sentía dolor, rabia y pena, mucha pena. No seguí hablando, callé, y él también lo hizo, supo que era mejor dejarme sola.

Por la tarde mi abuela Victoria y Carmenchu fueron a por mí al cortijo. Al despedirme de Lorenzo, le dije que era la última vez que lo vería, que respetara mi decisión. Solo recuerdo su mirada y sus ojos humedecidos intentando contener el llanto.

Cuando salí del cortijo, el corazón se me apretó porque, en un intento algo confuso, quise volverme y decirle que sí, que lo perdonaba, pero mi dolor por Laura fue más fuerte. No así Lorenzo, que no pudo contenerse, salió corriendo detrás de mí, me dio la vuelta y me besó. Yo me dejé llevar y cerré los ojos. Cuando terminó, se limitó a decir:

—En un beso sabrás todo lo que he callado.

Neruda, siempre Neruda en los mejores y en los peores momentos. Ese fue nuestro adiós.

Cicatrices

¿Qué estaba esperando, la muerte? En el fondo de mí, eso quería. No tenía ganas de nada, todo me daba pereza y a medida que pasaban los días comencé a vagar entre los recuerdos que tenía en mi mente, que a diferencia de la gente normal que intenta olvidarse de los traumas que generan los abusos sexuales, yo era masoquista, los quería recordar a diario. Era como si necesitara sentirme culpable por lo que había pasado, era una forma de autocastigarme por no haber hecho nada por salvar a Laura, ni por salvarme a mí. Sentía que merecía sufrir, merecía recordar la felación que me hizo ese hombre en la habitación, merecía recordar el aliento apestoso y el olor a saliva que dejaba el Koala cada vez que me besaba y me lamía mis pechos sin mi consentimiento, porque fui cobarde. Sí, me sentía una cobarde sucia y miserable.

Entré en un bucle cerrado de acciones sin sentido: me despertaba, no me duchaba ni desayunaba, luego almorzaba si me apetecía y regresaba a mi habitación nuevamente con las persianas a oscuras, y por la tarde bajaba por alguna fruta y me volvía a dormir. Bajé muchos kilos, pero no me importaba. Solo quería dormir y encerrarme. En cierto modo, había perdido lo más hermoso que alguien puede tener en su adolescencia: la ilusión. Y sí, por qué negarlo, había perdido también a Lorenzo y la ilusión por el amor y por la vida.

Mi abuela Victoria intentaba por todos los medios reanimarme, me buscaba por las tardes y me despertaba por las mañanas.

Para ella tuvo que ser duro verme así, y lo peor era que nada podía hacer por mí.

La psicóloga que me estaba tratando también la estaba ayudando a ella y le explicó que era una conducta «normal» en personas que habían pasado un trauma de esas características. El diagnóstico médico era estrés postraumático y depresión, producto de todas las vivencias experimentadas en Marruecos, además de problemas emocionales, baja autoestima, sentimiento de culpabilidad, ansiedad y problemas de socialización.

Eran secuelas muy propias de mi estado emocional y que era importante tratarlas a tiempo para evitar que perduraran en el tiempo.

—Son sensaciones que Eugenia tiene que pasar, Victoria —le dijo la psicóloga a mi abuela—. Solo le aconsejo que no dejen las terapias ni usted ni su nieta, por nada del mundo.

La calma después de la tormenta

Veía grandes árboles que se movían al son del viento, era un paraje hermoso, rodeado de frutales, arbustos y hortensias, mi planta favorita. Yo figuraba de pie sobre un césped hermoso, interminable, un manto verde infinito que chocaba con una gran montaña que parecía más bien un volcán. Comencé a caminar por un sendero que me llevaba en esa dirección, veía mariposas de muchos colores que volaban a mi alrededor y escuchaba los pajaritos cantar, a lo lejos. A medida que me acercaba, la montaña se alejaba más y más. Comenzaba a correr para intentar llegar a ella, pero no había forma: cuanto más corría, más rápido se alejaba. Me comenzaba a desesperar por no poder avanzar. Miraba a mi alrededor y no veía a nadie más que a mí misma. De pronto, la vi a ella, a mi Laura, que venía caminando desde la montaña. Me alegré de verla y corrí hacia ella. Estaba hermosa, vestía un vestido color morado con unos volantes sobre los hombros y venía descalza.

—¡No corras, Eugenia, que te vas a caer!

—¡Laura, no sabes las ganas que tenía de abrazarte! —La intenté abrazar, pero era como un holograma.

—Estoy bien, Eugenia, este es mi hogar ahora, ¿ves lo bonito que es? El volcán está inactivo, no me asusta, ya no. Es como tu hogar en Chile, ¿no?

—Sí, me recuerda a mi niñez en el sur, hay un volcán llamado Osorno y rodeado por un inmenso lago azul cielo. ¿Sabes, Laura? No puedo llegar a la montaña, no sé qué me pasa…

—Mi bella Eugenia, la montaña no se irá de este lugar ni tampoco la alcanzarás, solo tienes que aprender a vivir con ella.

Ambas sonreímos y desapareció, desapareció dejando su estela de alegría y esperanza.

Desperté agitada, con ganas de seguir soñando porque quería volver a verla, pero fue imposible. No sé por qué razón ese sueño me recobró la vida. Me quedé varios minutos pensando y le dije:

—¡Gracias, Laura, necesitaba esto!

Esa mañana me levanté como un resorte, bajé a desayunar. En ese momento no había nadie en casa. Me hice una tostada con aceite de oliva y un café. Por primera vez después de mucho tiempo, disfruté. Luego subí y me duché; llevaba, sin exagerar, unos veinte días sin lavarme el pelo. Olía a aceite rancio, tuve que ponerme dos veces champú y dejarlo reposar con mucho acondicionador para desenredarlo.

Luego miré por la ventana. Hacía un poco de frío, pero el día estaba primaveral, por lo que me puse un jersey rosa y unos vaqueros desgastados que, para mi sorpresa, me quedaban grandes. El conjunto lo combiné con unas bailarinas *animal print* de cebra que me había regalado mi Laura. Bajé la escalera.

Entré a la cocina y vi a Carmenchu guisando un cocido andaluz. Cuando me vio, puso cara de sorpresa, como si hubiese visto a un fantasma; bueno, en cierta forma era un fantasma. Esbozó una sonrisa. Yo también me reí, por primera vez después de tres meses, me reí. La abracé intensamente, y ella respondió con total reciprocidad.

—Ha venido tu Laura —le susurré.

—¿Pero cómo? ¿Qué dices, niña?

—Vino en sueños… Está bien, Carmenchu, vive en un lugar hermoso y, lo mejor, está en paz, con mucha paz.

—¡Oh, mi niña! Mi cielo, qué alegría me da verte. Te quiero, Eugenia.

—Te quiero, Carmenchu —respondí gustosa.

Luego, justo al salir de la cocina, vi a mi viejita entrar con unas bolsas en las manos. Se sorprendió al verme. No le di explicación ninguna ni ella me la pidió, solo la abracé.

—Perdóname, abuela. Perdóname por hacerte pasar por todo esto.

—Mi Eugenia —balbuceaba—, mi Eugenia. No tengo nada que perdonarte, eres mi vida.

—Y tú la mía —le dije, dándole un beso en la mejilla—. Iré a dar un paseo.

Salí y la miré a los ojos y luego le hice una mueca entre sonrisa y conformidad, como diciéndole que estuviera tranquila. Ella se quedó en el umbral de la puerta, incrédula.

Caminé lentamente por el pueblo, respirando el aire profundamente. Avancé con dirección a la capilla, que estaba a unos quinientos metros, y me senté en unos asientos que suelen haber fuera de las iglesias, primero a observar la fachada, que, por cierto, era muy bonita y antigua, pues databa del año 1500 d. C. Luego miré al cielo para disfrutar del sol de invierno, agradecí esos débiles rayos de sol que rozaban mi rostro. Estuve así veinte minutos.

Me levanté y me metí dentro de la iglesia. Abrí unas pesadas puertas de madera y dentro observé cada detalle. Era una iglesia católica, por lo que tenía una Virgen a la derecha y a Jesús crucificado en el fondo del pasillo, en medio de todo el lugar. Había silencio, me gustó el silencio. Caminé por el centro para sentarme en uno de los bancos en hilera que suelen haber para quienes asisten a misa. Olía a humedad, pero era un olor agradable.

Comencé a orar, no es que yo fuera muy cristiana, pero necesitaba hacerlo. Sabía que ese sería el comienzo de una nueva etapa en mi vida. No podía seguir en ese estado, debía hacerlo por mi abuela, por Laura y, sobre todo, por mí. La frase que Laura me expresó en sueños solo podía interpretarla de una sola manera: «Tengo que aprender a vivir con esa montaña, porque estará ahí por siempre, pero no debe interferir en mi camino». La montaña la interpreté como el dolor, dolor que estaría toda la vida por haber perdido a una gran amiga. El hecho de que Laura hubiera aparecido en Chile me hizo interpretarlo como una señal para volver a mi país.

Laura me hizo entender que ella estaba bien y que donde estaba seguro que estaría mejor que incluso aquí, en este mundo. Pero también me hizo reflexionar acerca de la cruda realidad: aquello no terminó con el encierro del Koala, porque de seguro habrían muchas otras bandas operando con total impunidad en todo el mundo, además de maltratadores y mentes enfermas como la de Daniel y Hafid. Entendí que yo era capaz de hacer algo si me informaba y si estudiaba leyes, vi la posibilidad de luchar para que esto no volviera a ocurrir o, por lo menos, intentar menguar la cantidad de casos de trata de mujeres que hay en el mundo. Entonces pensé que debería defender a esas mujeres que no tienen voz y, sobre todas las cosas, no permitir que más Lauras murieran en el mundo en manos de estas redes.

Me prometí a mí misma que lo haría. Salí de la iglesia con las cosas más claras que nunca. Sentía una especie de calma en mi interior, sabía que por fin una parte de mi vida estaba resucitando.

Cuando llegué a casa comí del cocido que había preparado Carmenchu, lo saboreé como nunca había degustado unos garbanzos. Ambas estaban felices. Luego le dije a mi abuela que ya era hora de regresar a Chile, que necesitaba ver a mi padre, a mi hermano y a Henri. Además, quería ir al sur, a Puerto Montt a visitar la familia de mi madre.

Nos fuimos un mes después, a pesar de las súplicas de Carmenchu para que nos quedáramos más tiempo. Le prometí que volveríamos de vacaciones, pero, honestamente, quería olvidar ese lugar por un tiempo. Necesitaba dejar atrás ese capítulo de mi vida, me prometí a mí misma que nunca más volvería a ser aquella muchacha asustadiza y tímida escondida detrás de un velo blanco.

El velo blanco me salvó de ser violada una y otra vez, pero significaba debilidad, y no estaba dispuesta a llevarlo de nuevo. Nunca más.

El regreso

Una vez en Chile, todo me parecía igual, la casa, mi gato… Solo que las palmeras que tenía mi abuela delante del jardín estaban más crecidas. Mi padre se portó bien conmigo, se emocionó cuando me vio salir del aeropuerto Arturo Merino Benítez de Santiago. Lo abracé.

Mi padre me invitó un fin de semana a la playa, solos. Por primera vez charlamos de mi madre y me confesó el dolor que había sentido cuando ella se murió, porque, para él, ella había sido la mujer que más amaba en el mundo. Que aún la extrañaba. Me pidió perdón y me aseguró que, a partir de ahora, él se comportaría como el padre que siempre debió ser… Me dijo que temió por mi vida y que cuando me volviera a ver no me dejaría sola. Me confesó también que yo le recordaba mucho a mi madre, y por esa razón evitaba verme. Que fue un inmaduro al apartarme de su vida. Lo pasó realmente mal cuando supo de mi desaparición, pensó en viajar, pero no tuvo el coraje para hacerlo, creyó que Gabriel lo necesitaría más aquí que en España. Lo entendí. Ya no quería cuestionarme nada. Ni más reproches. Solo quería disfrutar de mi familia, de mi abuela, de mi hogar. Le comenté que quería estudiar para ser abogada, y él se alegró y se comprometió a pagar la carrera.

Pasados tres años, me llegó una postal de Costa Rica. Era de Viviana. Me dejó un número de teléfono para que la llamara.

—Hola —escuché su voz algo tímida en el teléfono.

—Hola, Viviana. Soy Eugenia.

—¡Eugenia, qué gusto! ¡Qué alegría saber de ti!

—¿Cómo estás, Viviana? ¿Qué fue de tu vida después del rescate? ¿Cómo llegaste a mí?

—Eh, eh —titubeó un momento—. Fue por Lorenzo… —me confesó.

—¿Por Lorenzo?

—Sí, aún tengo contacto con él.

Charlamos durante una hora. Me contó cómo logró salir de España, habló sobre su hijo, su país, sus padres y, por supuesto, nuestras vivencias en Marruecos. A ambas nos seguía doliendo, pero lo veíamos ya desde otra perspectiva. Nos vino bien hablar. Me contó que después de lo ocurrido en Marruecos, Lorenzo la ayudó a regresar a Costa Rica, le pagó el billete de avión y le depositó en una cuenta bancaria un dinero considerable para ella y su hijo. Decía que no sabía cómo agradecerle todo lo que hizo por ella.

Bajé la cabeza y sonreí. En mi cuerpo y en mi corazón estaba tatuado el nombre de Lorenzo como una cicatriz, quería que desapareciera de una vez por todas de mi vida, pero no podía. Yo realmente lo amé y creo que él también lo hizo, pero durante años no pude ni quería perdonarlo. Era verdad que no había día que no pensara en él, lo sentía, pero a la vez, me dolía todo, me dolía Laura aún. Después de hablar con Viviana, por fin sentí que era la hora de dejar atrás ese resentimiento y optar por el perdón.

Con los años entendí también que él no era mala persona, sino que su misión en la vida era ser policía, ante todo y todos. Alguna vez leí en la prensa española acerca de él, me dio gusto saber que desbarató tres o cuatro redes de prostitución más a lo largo de su carrera. Por lo menos, ambos luchábamos por el mismo objetivo, la libertad de aquellas mujeres que no tenían voz.

Epílogo

Mi abuela Victoria falleció justo unos meses después de mi titulación. Recuerdo el animado traje verde pistacho que llevaba aquel día, estaba feliz, radiante y muy elegante, como siempre. Aunque ya la edad no la acompañaba ni en su forma de ser ni en su cuerpo, el paso de los años se había ensañado con ella atizándola con varias enfermedades a cuestas: diabetes, una hernia lumbar que le impedía moverse con agilidad y artrosis en sus dos rodillas. Su muerte fue fugaz, por decir algo. Fugaz para mí, porque no pensé que se moriría tan pronto, y menos con la vitalidad que siempre la caracterizó. Hoy me conformo con que fuera así, de forma rápida y de vejez. Se merecía esa muerte y no otra, por todo lo que ella había significado para mí.

Fue una mañana de sábado. Yo me disponía a ir de excursión y pasé a despedirme de ella, como siempre solía hacer antes de salir a cualquier sitio. Cuando entré a su cuarto estaba todo en silencio y la vi durmiendo profundamente, aun siendo las diez de la mañana. Me sorprendí, ya que ella casi siempre se despertaba a las siete todos los días. Me acerqué lentamente hasta su cama, temiendo lo peor, por supuesto. Mis sospechas se confirmaron cuando noté que ya no respiraba. Intenté reanimarla, pero fue en vano. Supe en ese momento que ya se había ido. Me despedí con un largo beso en la frente y me recosté a su lado, la abracé y la olí. Tenía aún vestigios del perfume que se había puesto el día anterior. Su cabello estaba perfecto, aunque ya no era negro azabache como solía llevarlo. Sus manos las tenía cruzadas en el pecho como si hubiese estado esperando ese momento. Estaba tapada hasta la cintura. Verla así me impresionó.

Días antes, me había confesado que se sentía muy cansada y que ella estaba segura de que su hora estaba por llegar. Sentí que se estaba despidiendo porque me dijo unas cosas preciosas, entre ellas, que yo era la persona a quien más amaba en este mundo, que yo le había dado la vida y la razón para seguir viviendo después de la muerte de su Henri.

La enterramos dos días después, un triste día de mayo. Yo simplemente estaba resignada. La casa sin ella ya no era lo mismo, así que mi padre y yo decidimos venderla. Es verdad, tenía todos los recuerdos de ella, pero yo no era capaz de seguir viviendo allí sabiendo que mi Nina ya no estaba. No tenía sentido. Fue entonces cuando mi padre me pidió que me fuera a vivir con él y su mujer. Acepté, pues a esas alturas tampoco tenía rencor hacia Paula; en verdad, ya no tenía rencor con nadie.

Gabrielito fue el más feliz después de esa decisión, estaba terminando el colegio y le dio mucho gusto que su hermana mayor se fuera a vivir a su casa. Ya era todo un adolescente y podíamos compartir más temas en común.

A Bernardo lo conocí en la Universidad, era mi compañero, y estudiaba Derecho como yo, comenzamos haciendo los trabajos que nos pedían juntos. Él era un chico normal, pero tenía un atractivo peculiar. Era muy blanco, con el pelo negro, de mediana estatura. Su madre era enfermera, y su padre, abogado, por eso él se decidió por esa misma carrera. Me gustaba lo inteligente que era y su humildad, que hasta el día de hoy lo caracteriza. Fuimos amigos antes de ser novios durante algunos años que estuvimos en la facultad; sin embargo, un día que estábamos celebrando que habíamos pasado la asignatura de Derecho Tributario III, estábamos tan felices que nos besamos, así sin más.

Al año y medio de estar de novios, me pidió matrimonio en un restaurante francés en pleno barrio Italia. Coincidió con nuestro aniversario de noviazgo. Sin pensarlo, le respondí que sí.

Meses antes de la boda, recibí un correo electrónico. El remitente empezaba por ldelacruz@... Apenas supe de quién se trataba, mi corazón comenzó a latir muy fuerte. Pensé en eliminarlo, pero mi curiosidad fue más fuerte.

> *Recordada Eugenia:*
>
> *Sé que te deben de sorprender estas líneas, no sabes cuánto busqué para encontrar tu correo. Finalmente, pude dar con él...*
>
> *Aunque siendo honesto, tengo acceso a mucha información, y siempre supe dónde podía encontrarte, bastaba con apretar un botón de nuestro sistema policial, pero no me atrevía a hacerlo.*
>
> *Pero aquí estoy, escribiéndote porque cada cierto tiempo apareces en mis sueños y quisiera entender por qué. A pesar de los años, aún no he podido olvidarte del todo. No sabes cuánto te he esperado, cuando te fuiste mi corazón se partió literalmente en dos, créeme, lo sentí. Me costó reponerme, pensaba que algún día podría recuperarte, pero sabía que nunca me perdonarías.*
>
> *Si algún día vienes a Madrid, por favor, no dejes de visitarme. Un café siempre es bienvenido.*
>
> *Lorenzo del Río*

Quise responder ese correo de forma inmediata, sin pensar ni reflexionar acerca del remitente. Pero luego respiré profundo y cerré mi portátil de golpe. Necesitaba aire, así que me fui a caminar sola. ¿Por qué me había exaltado tanto? No sabía si eran los nervios de la boda o que Lorenzo aún calaba algo en mí. En el fondo de mi corazón, me gustó recibir noticias de Lorenzo. Mientras andaba, mi cabeza no paraba de recordar esas líneas que tanto me habían gustado: «Aún no he podido olvidarte del todo». «¿Me habrá esperado? ¿Lo seguirá haciendo?». Habían pasado cinco años desde la última vez que lo vi.

Meses antes de recibir el famoso correo, en la universidad donde estaba estudiando se había abierto una posibilidad de optar a una beca para hacer un postgrado de Igualdad de Género en la Universidad Complutense de Madrid. En un principio, no me entusiasmó la idea, porque España aún me generaba cierto rechazo. Pero mi padre me había convencido de ir, teníamos el dinero de la venta de la casa de mi abuela y de ahí podríamos sacar una parte para pagar el postgrado.

Fue el propio Bernardo quien insistió en que debía ir, él sabía la historia de mi vida, pero no sabía que Lorenzo me había escrito un correo. No me atreví a contárselo; sin embargo, días antes de subirme al avión rumbo a Madrid, me vino un sentimiento de culpa y se lo conté. Él se enfureció y decidió que era mejor tomarnos un tiempo, porque no sabía qué me pasaría a mí con el tema de Lorenzo. Me dolió que no confiara en mí, pero, por otro lado, sentí una especie de alivio.

Apenas aterricé en Madrid, los recuerdos de esa época de mi vida comenzaron a aflorar. Recordé cuando mi Nina y yo tomamos el tren y su cara de felicidad por reencontrarse con Carmenchu; recordé la primera vez que conocí a Laura y lo felices que fuimos juntas. Tenía que ir al cementerio a visitar a mi Laura y a Carmenchu, que había muerto hacía un par de años, y, de paso, visitar a los padres de Laura. La verdad es que sentía que tenía una deuda con esa parte de mi familia.

Instalada en mi residencia universitaria, decidí que era hora de responder el correo de Lorenzo.

> *Hola, Lorenzo.*
>
> *Perdona la demora en mi contestación, pero no estaba segura de hacerlo. Justamente me encuentro en Madrid, haciendo un postgrado en la Complutense. No tendría problema en que quedáramos para tomarnos un café.*
>
> *Un saludo.*
>
> *Eugenia*

Su respuesta fue casi inmediata.

> *Eugenia, qué gusto saber de ti, y más de que te encuentres aquí en Madrid. Cuéntame dónde estás alojada y, si te apetece, quedamos mañana. Te dejo mi teléfono móvil para que me llames, coordinamos y paso a recogerte.*
>
> *Lorenzo*

El corazón me latía a mil. Me puse supernerviosa. Le respondí:

> *Lorenzo, me encuentro en una residencia adscrita a la propia universidad, creo que la zona se llama Chamberí. Mejor dime un café cercano y llego allí. Recién llevo dos días, comprenderás que no me ubico mucho.*
>
> *Eugenia*

Y me respondió:

Perfecto. Conozco una cafetería que se llama Cafetería Chamberí. Nos vemos allí a las 18:00 h. ¿Te parece bien?

Lorenzo

A ese último correo, solo respondí con un «*OK*».

Ese día había terminado mis clases temprano. Me fui hasta la residencia, me duché y me puse una ropa más bien casual; mi intención no era impresionarlo. Llevaba más de cinco años sin saber de él y me sentía como si hubiese pasado una eternidad. Además, mi corazón estaba con Bernardo. Cuando cortó conmigo me dolió muchísimo porque en verdad lo hizo pensando que Lorenzo podría remover algo en mí. Pero lo cierto es que mi intención no era ver a Lorenzo, aunque creo que, en el fondo de mi corazón, necesitaba verlo. Era una horrible contradicción.

Llegué a la cafetería sobre las 18:15 h porque me perdí, me bajé en una estación y, en vez de caminar para el lado de la cafetería, lo hice para el otro. Cuando entré, no lo vi a primera hora, pero divisé a un hombre en una mesa en el fondo de la cafetería con un aspecto muy parecido a él.

—Hola —le dije algo tímida.

—¡Eugenia! —Se sorprendió al verme—. Estás… ¡Estas guapísima! ¡Más que antes, diría! —exclamó mirándome de arriba abajo, y luego me dio dos besos.

Me reí un poco nerviosa. Mi cuerpo lo abrazó por inercia, y él respondió con el mismo gesto. Sin embargo, lo único que sentí en ese instante fue que éramos dos desconocidos con un pasado en común. Un triste pasado en común. Mi cabeza pensó en Bernardo…

Charlamos primero del presente, luego del futuro. El café ya se nos había acabado. Para hablar del pasado ambos nos pedimos un *gin-tonic*, necesitábamos algo más fuerte. Y, por fin, entendí. Entendí que Lorenzo era un capítulo en mi vida que hasta aquel día aún estaba abierto, pero necesitaba cerrarlo para poder avanzar y concretar mis planes en Chile.

Cuando nos despedimos, ambos sabíamos que era el final. ¿El final de un nuevo comienzo? Para mí, para él, seguro que para los dos. Lo abracé con tal intensidad que se estremeció entre mis brazos. Fueron unos segundos que nos quedamos así, en silencio. Cuando me propuse soltarlo, le susurré al oído:

—Te perdono, Lorenzo.

Me miró con los ojos llorosos y me sonrió.

Bernardo y yo nos casamos a los pocos meses de regresar de España, en la catedral de Santiago. Fue una boda preciosa, simple pero emotiva. Yo estaba feliz, con mi familia cercana y un par de amigos de la universidad.

La vida de ahora

Estaba nerviosa, era mi primera conferencia en Madrid. Me invitó un abogado amigo que militaba en un partido político y a quien conocí hacía un par de años cuando vine a hacer un postgrado en la Universidad Complutense de Madrid. Era una celebración muy importante con motivo del Día de la Mujer, el 8 de marzo. La conmemoración, esta vez, era por las víctimas del machismo, y tuve el honor de ser invitada gracias a que un amigo les habló de la experiencia que viví en Marruecos y, por supuesto, les envió mi impecable currículum: abogada especialista en violencia de género, egresada con honores de la Universidad de Chile y con un postgrado de Igualdad de Género realizado en Madrid. Pude sumar a mi carrera profesional diez años de experiencia defendiendo casos de maltrato, denuncias y violencia intrafamiliar en Chile.

Tenía una hora para exponer. La charla la llamé «La esclavitud del siglo XXI». Llevaba una presentación completísima, con datos actualizados de la violencia de género que llevábamos hasta la fecha en el mundo, gráficos del perfil de mujeres y de las redes de tratas y algún que otro caso que había defendido en Chile y, sobre todo, hacía hincapié en el problema de la trata de blancas en América Latina y la migración de mujeres a Europa, usando España como puerta de entrada. En primera fila estaba Bernardo, junto a mis dos hijas, Laura y Elizabeth.

En la última butaca, donde nadie podía verlas, estaban ellas, mi madre, Laura y mi abuela Victoria.

A pesar de llevar todo sumamente preparado, de pronto mi corazón comenzó a latir fuertemente, empecé a sudar y sentí la fuerte necesidad de hablar, pero no de las tendencias ni de números, sino de contar mi propia experiencia. Y así fue como empecé esta historia:

Era invierno del año 1990, hacía frío y recién había dejado de llover. Me gustaba el olor que dejaba la lluvia en el ambiente, me recordaba a los paseos de mi niñez junto a mi madre cuando estuvimos viviendo un tiempo en el sur de Chile, cuando ella aún estaba viva…

Índice